文庫

益田ミリ

女湯のできごと

光文社

この作品は知恵の森文庫のために書下ろされました。

まえがき

銭湯の女湯では、いろんなことが起こっています。

おばちゃんが素っ裸のまま番台のお兄さんと立ち話をしている姿は愉快です。わたしも早くあんなふうにのびのびしたいものです。とはいうものの、立ったまま股間《こかん》を洗っている女性を目撃したときは、そこまで恥じらいを解放したくない気がしました……。

恥じらいといえば、子供の頃から大人になるまで銭湯通いだったわたしは、思春期のワキ毛の処理にも悩みました。忍者のような早業でサッサッと剃ったのが、つい昨日のことのようです。

女湯。

その、男の目の届かない場所で、女たちはなにをしているのでしょう?

銭湯に行ったことがない方、または女湯に入ったことがない方には、興味本位でのぞい

ていただきたい本です。そして、銭湯の女湯に通ったことがある方には、

「そういえば、こんなことある（あった）なぁ」

などと、楽しんでいただけたらいいなと思います。

女湯のできごと●目次

女湯の自分ルール

——ひとまわりするおばさん

人にはクセというか、自分なりのルールというものがあって、それを密かに守りながらわたしたちは日々の生活を送っているような気がする。たとえば、好きなものを最後に食べるとか、横断歩道は白いとこしか踏まないとか。

こんなふうに、誰にも報告してはいないがつい守ってしまっているルールは、お風呂《ふろ》の中という個室空間にも存在しているものだと思う。しかし、そういうひとりでいる場所でのルールというのは、他人には絶対にわからない。人がお風呂の中でどんな決めごとをしているのかは謎《なぞ》なのである。

だけど銭湯ならどうでしょう。ここでなら他人のお風呂ルールを垣間見《かいまみ》ることができるチャンスである。

とはいうものの、銭湯でじろじろと人のことを観察するのははしたないことだ。じろじろ観察して他人のルールに気づくのではなく、ふと目にしたときが嬉《うれ》しい瞬間でもあるのだ。

先日、近所の銭湯に行ったとき、わたしはひとりのおばさんのある行動にハッとした。これはきっとおばさんの自分ルールだ！

おばさんは壁側のシャワーに向かって髪の毛を洗っていた。わたしがそのおばさんの後ろを通って湯舟に向かおうと歩いていたら、彼女が突然、イスに座ったまんまクルッとその場で一周したのである。途中、もろ、わたしの股間のあたりにおばさんの顔が向いてちょっと驚いたが、見ると、おばさんは自分の背中や肩についたシャンプーの泡をイスに座りながらひとまわりして流していたのである。わたしの股間があろうがなかろうが、そんなことはどうでもいいという感じだ。

ははーん、こりゃ、相当慣れておられますな。おばさんは、いつも髪の毛を洗うとき、こうやって最後にひとまわりすることになっているに違いない。その素早い動作には、まったくムダがなかったからだ。これはおばさんのお風呂ルールなのだ。わたしは湯舟につかりながら、おばさんのルールを偶然目撃することができて嬉しくなった。と、同時に、なんだかすごく懐かしくなってしまった。

昔、わたしが通っていた銭湯でも、たくさんの女たちの自分ルールがあった。毎日、同じ時間に顔を合わせていると、自然にそのルールが女湯の風景として馴染《なじ》んでいたものだ。上がり湯を必ず左右2回ずつかけるおばちゃん。出口で必ず冷水を足首にかけるお姉さん、絞ったタオルを必ず口にくわえるおばちゃん（思うに、せっかくきれいに洗ったタオルを他の場所に置きたくなかったのでは）。彼女たちが必ずやっているそのルールが、人間くさくて大好きだった。そして、そのことに誰も触れないのがまたいい。

あの人はいつもあんなふうにするんだ。それだけのことだ。

みんなの了解が、湯気のようにゆらゆらとただよっている空間。人にはいろいろと決めごとがあるんだから放っておいてあげよう。そういう優しい暗黙の了解があることを、わたしはここで知ったのである。あの人は2回ずつお湯で、あの人は足首に水で、あの人はタオルをくわえる、ＯＫ‼　という感じ。銭湯で知る人間同士の良き距離感である。

ちなみにわたしの銭湯でのルールは、湯舟ではなく、表のゲタ札だった。必ず44番に入れるルール。中学での部活がバスケットボール部だったわたしは、自分の背番号である44番にこだわっていたのだ。レギュラーになれるようにという願掛けであったが、結局ずーっと補欠のままだった。中学を卒業しても、なんとなく引き続き44番に入れるのがルールになっていて、先に誰かが使っている場合は43番か45番という追加ルールまであった。

銭湯ルールを持てるのは、銭湯に通ってこそのもの。今のわたしのようにふらーっとたまに利用するだけでは、なかなか他人のルールを発見できないし、また自分の新ルールも持てないわけで、そう思うとちょっと淋《さび》しい気がするのであった。

女湯のできごと
どうでもいいと思いますが、わたしの銭湯時代の自分ルールは……
ゲタバコは必ず44番
45
44
46
脱衣場のロッカーは一番奥の下から二番目
ゲタ札は必ず左の奥にぴったりくっつける
タオルはまずシャワーにひっかける
イスに熱いお湯を5秒くらいかける
以上どうでもいいことでした

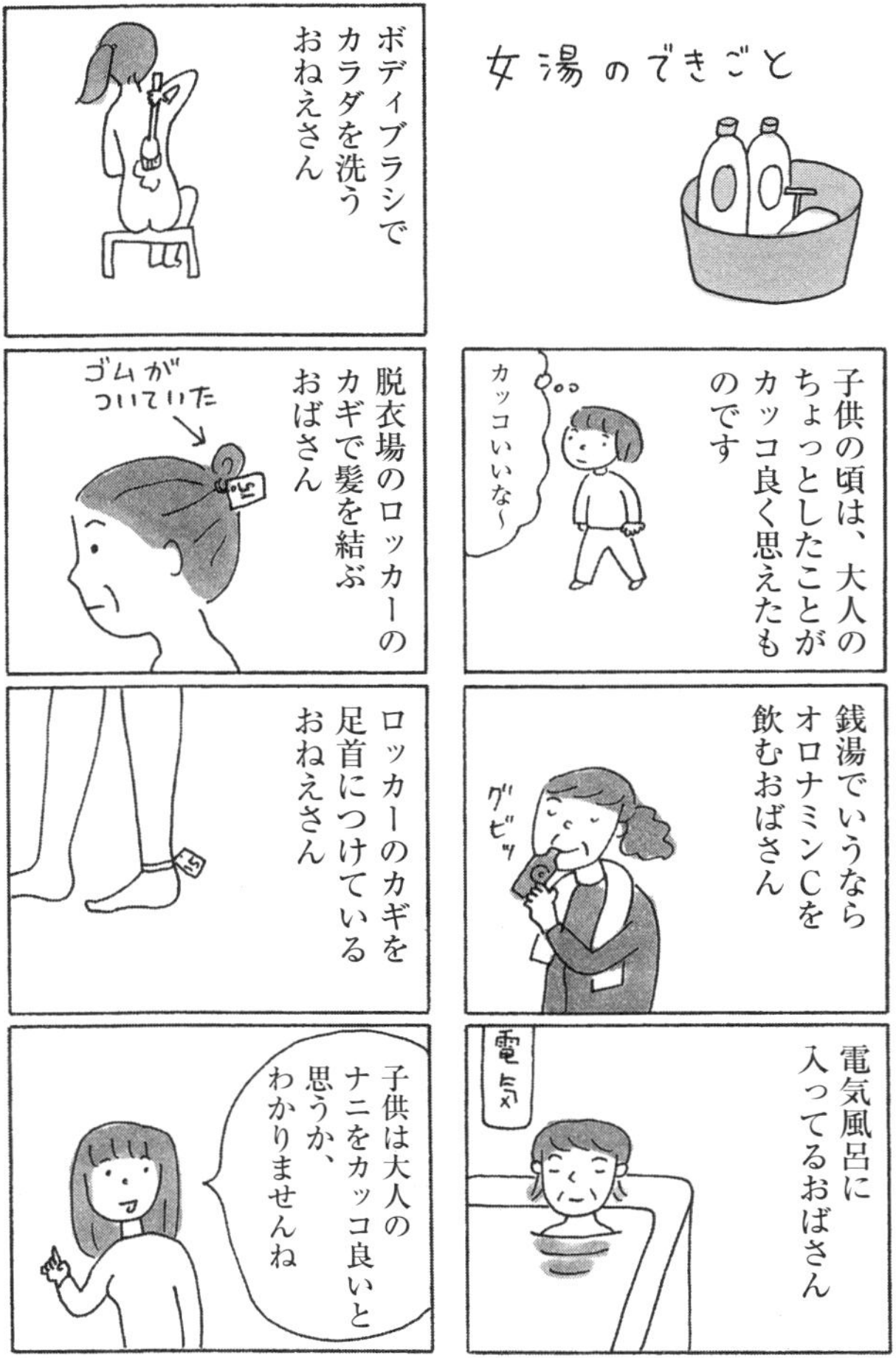
女湯のできごと
ボディブラシでカラダを洗うおねえさん
子供の頃は、大人のちょっとしたことがカッコ良く思えたものです
カッコいいな〜
脱衣場のロッカーのカギで髪を結ぶおばさん
ゴムがついていた
15
銭湯でいうならオロナミンCを飲むおばさん
グビッ
ロッカーのカギを足首につけているおねえさん
15
電気風呂に入ってるおばさん
電気
子供は大人のナニをカッコ良いと思うか、わかりませんね

女湯での成長

――ワキ毛、どうしよう

自分のカラダがどんどん変化してくる時期というのがある。わたしは、割合そういう成長が早かったので、同じ年頃の子がまだまだ幼児体型のときに、ひとり女っぽくなってきて恥ずかしい思いをした。

よく覚えているのが、ワキ毛である。

小学校の5年生のプールの授業で、わたしは自分のワキにちょろちょろと生えはじめた毛をどうしたものかと悩んでいた。水につかってしまえばわからないが、問題はプールに入る前のラジオ体操。腕を回すときに、みんなに見えてしまうのではないかと心配で、いつも小さく小さく腕を回していた。そのくせ、他にもワキ毛仲間がいないものかと、クラスメイトのワキの下ばかりジロジロ見ながら体操していたのである。

そんなに気になるんだったら剃《そ》ってしまえばいいじゃないか。

と思われる方もいるだろうが、この「剃る」という行為がまた、さらに恥ずかしい。誰にも見られず、ひとり風呂場で剃れるのならいいけれど、銭湯でとなると勇気がいるのだ。

というか、別にワキ毛を剃っているお姉さんやおばちゃんは銭湯にはたくさんいるのである。みんな平然と剃りまくっているのである。しかし、自分がいざ、そのグループに入るとなると気が遠くなるくらい恥ずかしかった。

「もうワキ毛を剃るような年頃になったのね」

という目で周囲に見られるなんて……。

なにより、自分の母親に、

「ワキ毛を剃るからカミソリ貸して」

などと多感な年頃の子供が言えたものではない。そんな思いをするくらいならラジオ体操で小さく腕を回すほうがよっぽどマシだ。このときほど、わたしは自宅にお風呂がある人を羨んだことはなかった気がする。

ワキ毛、どうしよう。ワキ毛ワキ毛とこんなにパソコンで連打している今の自分も心配だが、とにかく、当時11歳のわたしにとって、ワキ毛問題は前途多難だった。小さく腕を回して体操していても、ふと誰かに気づかれる可能性はある。だけど銭湯で剃っている姿を目撃されるのも恐ろしい……。

考えた結果、わたしは家のトイレでこっそり「抜く」という戦略を思いつき、なんとかその場をしのいでいたのである。まぁ、生えはじめのワキ毛なんて、ひょろひょろとしたウブ毛のようなものなので、たいしたこともないのだが、そのひょろひょろワキ毛にひとり苦しんでいたわたしを思うと本当に気の毒だ。

しかし、このワキ毛問題はその後あっさりと決着が着く。同じ学年の女の子が、銭湯でワキ毛を剃っているところを目撃したからである。

あっ、あの子、剃ってる。

わたしだけがワキ毛じゃないんだ！

ひとたびそういうシーンを目にすると、少しずつ銭湯で手入れができるようになっていったのである。


銭湯で大人になっていくカラダを目撃されるのは恥ずかしいことだった。恥ずかしいだけではなくて不安でいっぱいだった。私のカラダは変じゃないかな？　ワキ毛も恥ずかしくて嫌だったけど、胸がふくらみはじめたときはそれ以上に嫌で、銭湯ではいつもタオルで隠して目立たないようにコソコソしていたわたし。

それをバカバカしいとは今も思わない。昨日のことのように、あの頃の自分の息苦しさを覚えているから、そういう年頃の女の子には、できるだけ丁寧に接してあげたいと思うのである。

夏になると
洗面器で
息つぎを
する子供に
出会える
ことも

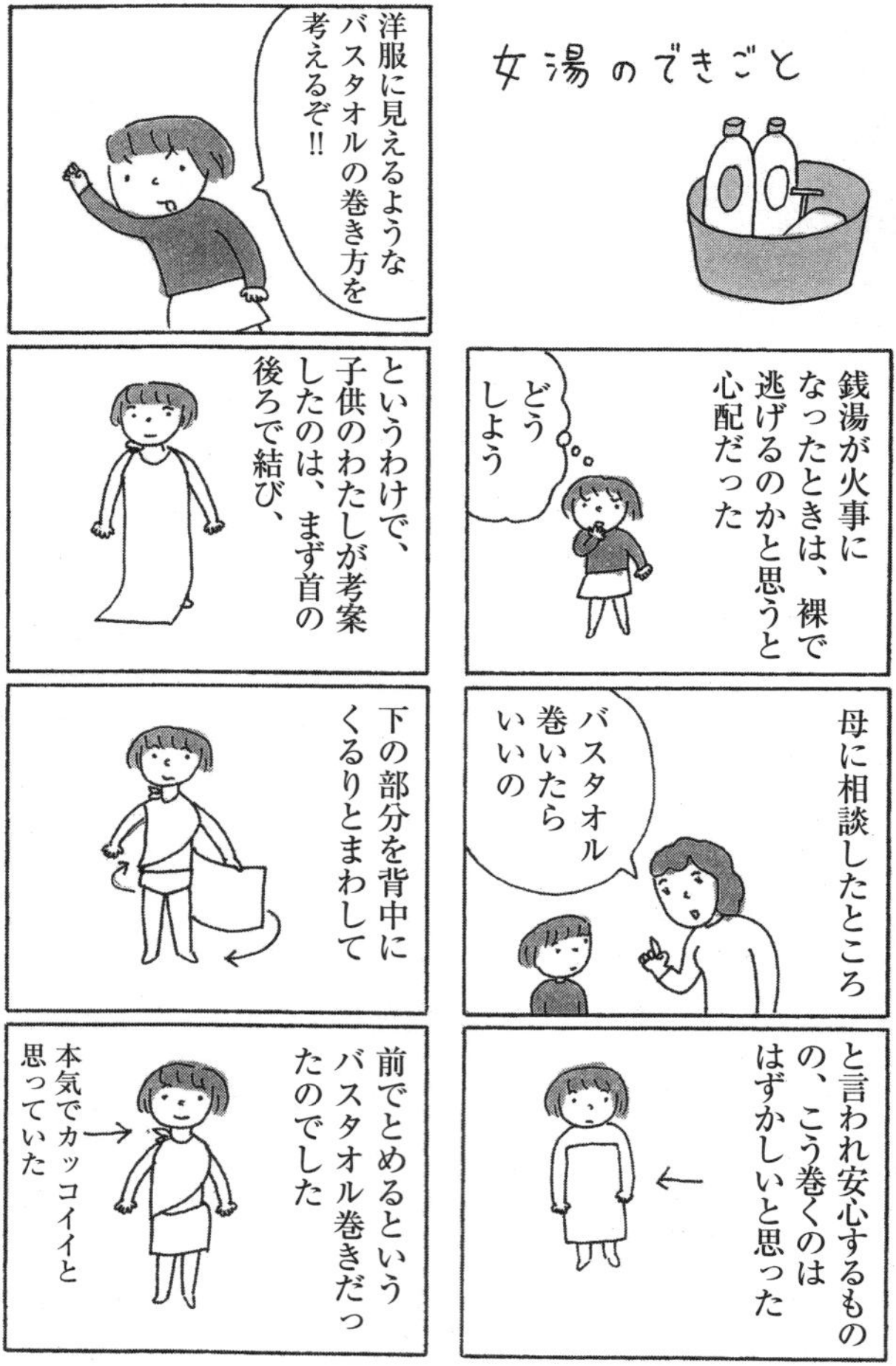
女湯のできごと
銭湯が火事になったときは、裸で逃げるのかと思うと心配だった
どうしよう
母に相談したところ
バスタオル巻いたらいいの
と言われ安心するものの、こう巻くのははずかしいと思った
洋服に見えるようなバスタオルの巻き方を考えるぞ‼
というわけで、子供のわたしが考案したのは、まず首の後ろで結び、
下の部分を背中にくるりとまわして
前でとめるというバスタオル巻きだったのでした
本気でカッコイイと思っていた

女湯のできごと

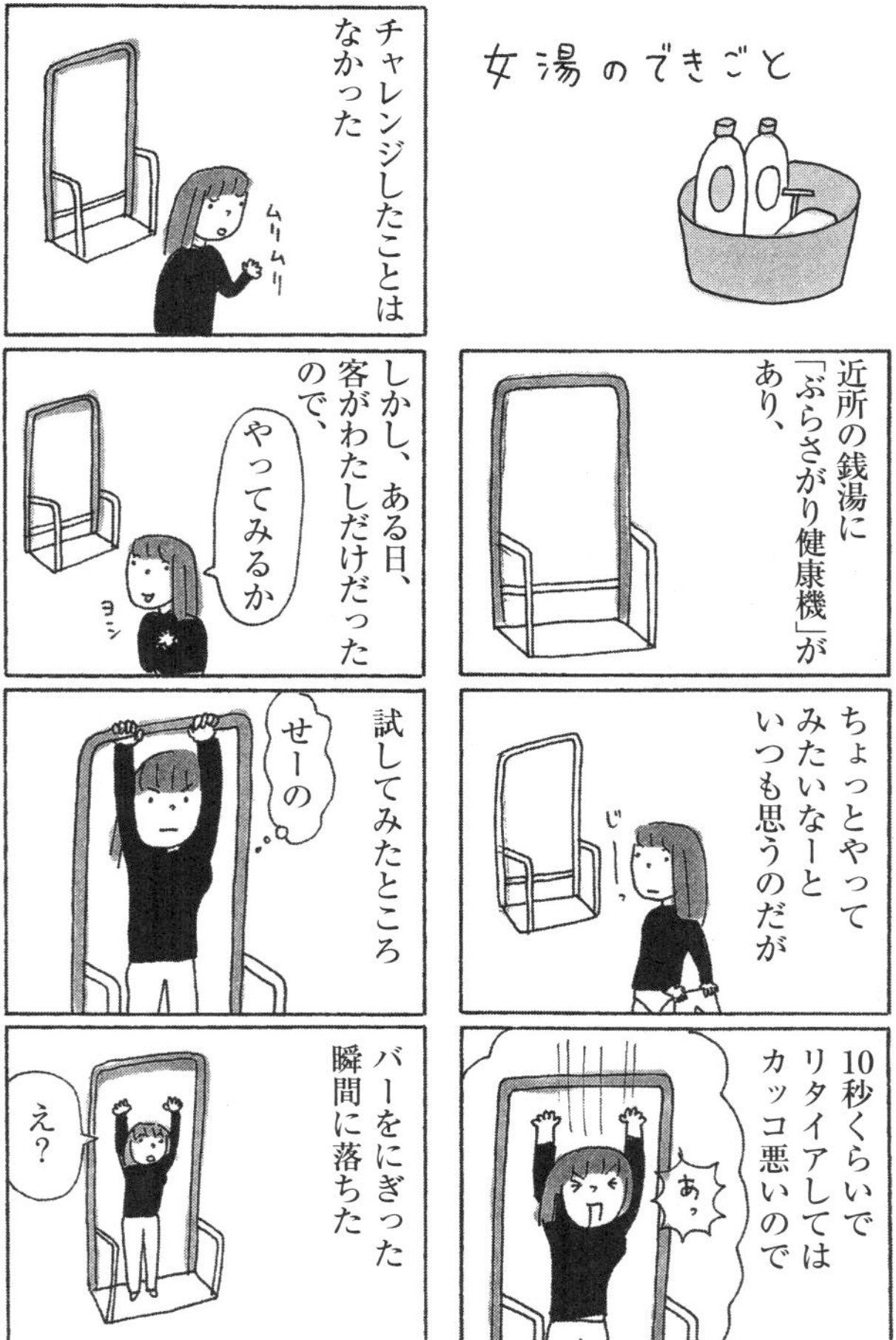
近所の銭湯に「ぶらさがり健康機」があり、
ちょっとやってみたいなーといつも思うのだが
じーっ
10秒くらいでリタイアしてはカッコ悪いので
あっ
チャレンジしたことはなかった
ムリムリ
しかし、ある日、客がわたしだけだったので、
やってみるか
ヨシ
試してみたところ
せーの
バーをにぎった瞬間に落ちた
え？

女湯の裸

——素っ裸で世間話

お父さんがいる男湯に出入りしていたときはまったく意識していなかったのに、男湯に行かなくなってから気になりだしたのが男女のカラダの違いだ。

男のカラダは一体どうなっているんだろう?

子供時代のわたしの興味はどんどん大きくなっていった。小さな男の子がお母さんと一緒に女湯に入って来たときなどは、それとなーく局部を見るのだが、いまひとつ「しくみ」がよくわからない。

どうなっているのか、じっくり見てみたい。

そんな気持ちが強くなって、反対にまったく見られなくなってしまった。赤ちゃん用のベッドで裸で寝かされている男の子にも、わたしはあわてて目をそらしていたほどだった。

さすがに「しくみ」の謎はもう解けた。だけど、しっかり解明できたのは大人の男の裸だけなので、小さい男の子の裸は今でもちょっと照れくさい。友人が子供のおしめを代えているときなども、それが男の子だった場合は、過去の銭湯の呪縛《じゅばく》のせいでつい逃げ出してしまうのである。

異性の裸と言えば、女湯の裸が気になって仕方がないおじさんのお客もいたなぁ。

番台でお金を払うときに、さりげなく首を伸ばして女湯の脱衣場の様子をうかがおうとしていた。しかし、いくらさりげなくしても、そういうのは結構女湯で話題になっていたものだ。

「あの人、いつも見ようとしてる」

「知ってる、知ってる」

「そこまでやらんかてなぁ」

などとおばちゃんたちに呆れられていたが、まだ子供だったわたしはそれを聞いていつもこう思った。

「大人の女の人はいろいろ隠さないといけないから大変だなぁ」

いつか自分も男の人にじろじろ見られるようになるのかと想像し、すごく不愉快に感じた。と同時に、カラダを隠さなければいけないことに強く同情していた気がする。脱衣場から洗い場に入るとき、子供は手ぶらだけど、大人の女の人はタオルで前をさりげなく隠していた。あんなふうに堂々とできないなんて気の毒だと思った。

しかし、そういうわたしだって「手ぶら」から「タオルで前を隠す」切り替えの時期が絶対にあったはずである。その日のことはすっかり忘れてしまっているが、どういうきっかけだったんだろう?

おそらくうちの母が、時期を見て、

「アンタもタオルで隠して入りなさい」

などとアドバイスをしたのだろうが、親にそういうことをアドバイスされていたかと思うと、なんだか妙に恥ずかしい……。


裸で思い出したが、先日行ったお風呂屋さんで、わたしはとってもいい光景を見た。風呂あがりのおばちゃんふたりが、素っ裸のまんま脱衣場のベンチに座っておしゃべりをしていたのだが、そのおしゃべりに、番台のお兄さんが普通に参加していたのがすごくいい感じだった。なんの違和感もなく天気の話などをしている3人を見て、わたしは自然と顔がほころんでしまっていた。前を隠すとか隠さないとか、もうすっかりそういうことから卒業している清々《すがすが》しさとでもいうのでしょうか。

いくつになっても女には恥じらいは必要、などという言葉が陳腐なものに思えてしまう。わたしもいつか、銭湯であんなふうに番台の年下の男と素っ裸で世間話をしてみたいものである。

カガミが低い位置に
あると 自分の下半身が
自分に丸見え

女湯のできごと
この前、湯船につかっていたら
銭湯のおじさんが入ってきて
ガラッ
洗面器やイスを整えていた
そして常連さんと軽い会話
この前さー
なんかすごい光景
年をとるって
不思議〜〜〜

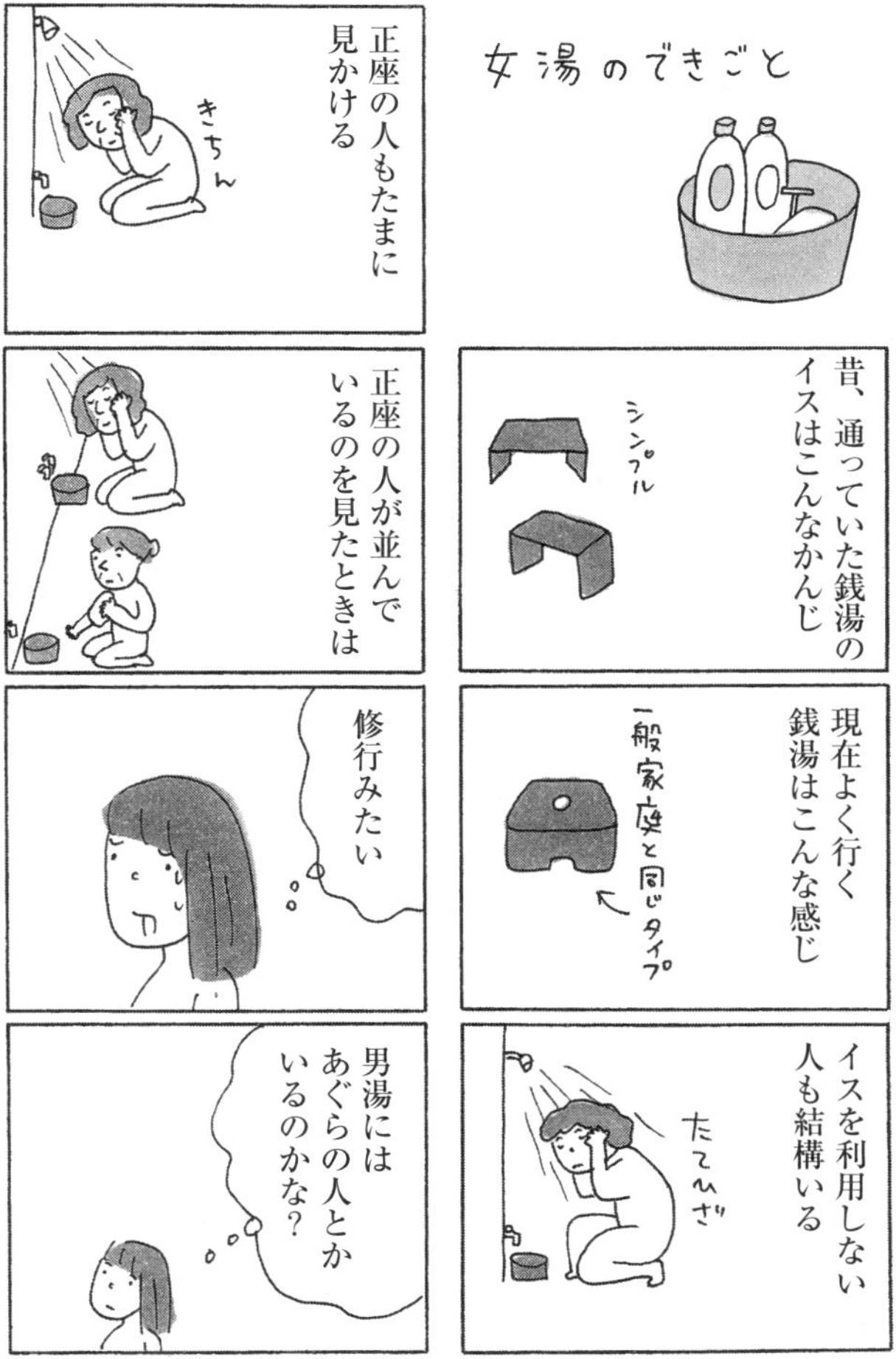

女湯のできごと
昔、通っていた銭湯のイスはこんなかんじ
シンプル
現在よく行く銭湯はこんな感じ
一般家庭と同じタイプ
イスを利用しない人も結構いる
たてひざ
正座の人もたまに見かける
きちん
正座の人が並んでいるのを見たときは
修行みたい
男湯にはあぐらの人とかいるのかな?

女湯のマナー

——器が小さい！

つい先日、銭湯でとんでもない人に会った。

わたしが人の迷惑にならぬよう静かにカラダを洗い、シャンプーの泡が飛び散らないよう洗髪し、洗面器のお湯を捨てるときは排水溝にそーっと流すという銭湯の基本マナーでシャワーの前に座っていたら、右隣に40歳くらいの女性がひとり座った。いや、正確に言うなら「立った」。普通、洗い場にやってきたらまず席を決め、そこに座るかしゃがむかしてカラダを洗うものである。しかし、その人はシャワーのお湯を出すと同時に、立ったままくるっとシャワーに背を向けたのだ。えっ？　と思って隣を見ると、彼女は立ち姿勢でお尻を念入りに洗っていたのである。隣に誰もいないときならまだ良いが、わたしは真横に座っていて、ちょうど彼女のお尻くらいの高さに頭があるのだ。ということは横で立ったままお尻を洗われると、もろ、そのしぶきがわたしの頭部付近に飛んでくるのである。

かーなーり不快である。

ふと思う。

この人は今日、大便をしたのだろうか。もししていたら、そういう汚れがこちら側に飛んできているのではないか。ああ、どうぞ彼女が今日、大便をしていませんように。こんな願いごとがこの世にあったのかと悲しくなってしまうが、冷静に考えると念入りに洗っているのは絶対に大便をしているからに決まっているのだ。

お願いだから座って洗ってくださいよ!

第一、シャワーに背を向けて立っているということは、洗い場全体に向かって仁王立ちになっているということで、なにも、そこまで自分の裸を知らしめなくても良いではないか。などと思っていたら、彼女はいつの間にかお尻ではなく立ったまま前の部分を洗いはじめていた。お尻も嫌だけど、前も嫌な感じである。なんか、こう、臭《にお》い立ってきそう。

だから、座ってくださいってば!

面と向かって注意するのも気まずいので、できるだけ彼女のイヤなしぶきが当たらないよう少し左側の人に近づいて避けるわたし。席を換わっても良いのである。しかし一度選んだ席を移動するのは、その席をあからさまに嫌っているという意思表示になるわけで、かなり勇気がいる行為である。わたしはあなたの隣がイヤなんですよ〜、というメッセージを気弱なわたしにできるわけがない。

とはいうものの、自分が迷惑していることは伝えたいし。どうしよう、なんかいいアイデアはないものか?

そうだ、イヤな行為にはイヤな行為で応戦するしかあるまい。

わたしは洗面器に水をいっぱいため、隣で仁王立ちで股間を洗っている彼女の足下に、それとなくその水を流してみた。ほら、冷水が足下に流れただろう？　冷たくて迷惑だろう？　イヤな気持ちだろう？　だからアンタも人がイヤがることをやってはいけないんだよ〜。わたしのイヤがらせ応戦に、彼女はこちらをチラッと見た。よし、やってやったぞ！　と思うと同時に、こんなことで一体何が伝わっているのだという空しさが……。

最近、つくづく思うのは、気にする人のほうが損をしているんじゃないかなぁということだ。

仁王立ちで自分の股間を洗うような人は、もしも自分の他にそういうことをしている人がいたとしても、まったく気にならないのである。イヤなことへの基準が低いとストレスもたまりにくいはずで、本当に羨ましい。銭湯できちんとしているわたしは、きちんとしていない人から受けるストレスのせいで心底リラックスすることはできないのだ！

などと思っていたら、別のおばちゃんが、排水溝にからまっている髪の毛を素手で取り、それをゴミ箱に捨てて洗い場から出て行く姿を目撃してしまった。

な、なんというスペシャルマナー。

なにも客がそこまでしなくても……と思わなくもないが、わたしは自分のマナー程度で完璧だと思っていたことに頭が下がってしまった。

そうだ、そういえば銭湯スペシャルマナーの人をわたしは過去にいくらでも見てきたではないか。自分の座った席の鏡をタオルで拭いて帰った人、前の人がもとの場所に戻していないイスをさりげなく片づけていた人、使った洗面器を石鹸で洗ってから戻した人。上には上がいるんだなぁ。わたしは、自分に降り掛かっている不快（立ったまま洗う右隣の人）くらいでイライラしていてはいけないのではないか？　器の小ささに恥ずかしくなってしまった。

よし、これからはわたしも銭湯でスペシャルマナーの人になるぞ〜

と言いたいところだが、それはちょっと大変そうなので、まぁ、できるだけゆったりとした気持ちでいきたいと思うのである。

女湯のできごと
電気風呂はたいてい浴槽が別になっているが
電気
たまに区別がない場合もある
少しずつ
← 電気風呂
電気
そういう場合は近づかないようにする
電気
この前、それを知らないおばちゃんが入って来て
電気
ビクッとしたあと
ビクッ
電気
静かに横にスライドしていた
スーッ
電気
わたしだったら絶対に声が出てしまうと思うので感心した
大物
電気

女湯のできごと

あたり前ですが家にお風呂がない場合は

雨の日でも
こんばんは〜

冬の寒い日でも関係なく銭湯に行きます
昔のわたし

骨折した人も来るしかありませんでした
アンタどうしたん?
ビニール
笑うやろ

年頃になってイヤだったのが

クリスマスやバレンタインデーの夜に銭湯に行くことでした
こんばんは!

彼氏いないってぜったいバレてるし……
はー

女湯の帰り道

——歩きながら飲まれへん

コカ・コーラの自動販売機が、銭湯までの夜の道にポツンと1台輝いていた。小学生時代のわたしは、母と妹と3人でよくこの自動販売機を利用したものだ。もちろん行きではなく銭湯帰りである。

「お母さん、なんか買っていい?」

わたしや妹が提案することもあったし、母が飲もうと言い出すこともあった。

コカ・コーラの自動販売機には、コカ・コーラの他に何種類かのファンタシリーズが並んでいた。左からレモン、グレープフルーツ、アップル、グレープ、スプライト、コカ・コーラの順番だったように記憶する。時代とともに種類が変わったり、缶の太さが変わったりと変化があったのでうろ覚えだが、とにかくこんなふうなラインナップだった。

コカ・コーラはからだに悪いと母が主張するので、飲むのは必ずファンタシリーズだった。今思えばそんなに違いがあるのかは微妙だが、果物の名前がついているというだけのことで、ファンタには母のお許しが出ていたのだ。

先にも書いたとおり、3人で一缶というルールになっていたので、その夜なにを飲むかは3人で決めなければならない。しかし決定するのはいつもわたしであった。母はなんでもいいと言うし、4歳下の妹はまだわたしのいいなり。毎度毎度、飲むと決まった場合は、わたしがファンタの中から好きな種類を選ぶ係になっていた。

昨日はグレープだったから、今日は栄養のバランスを考えてアップルね。

などとわたしなりにみんなの健康を気づかっていたのだが、この気づかいって正解だったのでしょうか……。なにを飲むか決めかねたときは、同時に違うボタンを押して出たほうにするということもやった。

「ホンマのホンマに同時やったら2本出てくるねんで」

という、わたしが学校から仕入れて来た情報をもとに、よく3人で真剣にチャレンジしたものだが、そんなことは一度も起こらなかった。

3人でファンタを飲みながら帰る場合、まず最初に飲むのは幼い妹からである。そうしないとスネるので、姉であるわたしのガマンのしどころである。そして次にわたしが飲んで母という順番だったのだが、ここにひとつ決めごとがあった。

一口飲んだら交替するという約束である。

相手（ファンタ）は炭酸なので、オレンジジュースを飲むようにごくごくと連続で飲むことはできない。一度、息継ぎしたら次の人に交替する、という決めごとを守ってのドリンクタイムである。

用水路沿いの暗い夜道で、ファンタを回し飲みしながら帰る道のり。炭酸に強い妹は、姉のわたしより一口の量が多くてよくケンカになった。

母は母で、

「お母さん、歩きながら飲まれへん」

などと一旦《いったん》立ち止まって飲むので、なかなか家路に辿《たど》りつけない。

「練習したらできるって！」

などとわたしと妹がアドバイスするのだが、母は何度やっても歩きながら飲むとダラダラとこぼすし、結局立ち止まって飲んでいた。そして、これから銭湯に向かうご近所さんと挨拶《あいさつ》を交わしつつ、月に雲がかかっているから明日は雨だとか、星がきれいだから晴れだ、と他愛のないおしゃべりをしながらお風呂のない我が家に帰るのだった。

今年もきれいやねえ
銭湯の行き帰りに見た夜桜

女湯のできごと
女湯とは関係ないのですが、家の近所にはじめてコンビニができたときのことです
ローソン
わたしが10代の半ばくらいだったでしょうか
母
帰りにローソン行ってみよか
うん
わたし
妹
ローソンって24時間あいてるんやろ?
すごいなー
夜中に誰が買い物するんやろ
店員さん眠ないんかな?
お母さんアイスクリーム買って
ローソン
しーん
閉まってる
当初は夜の11時に閉店でした
ローソン
休み?

女湯のできごと
昔のことです
あらー こんばんは
あらー
今日は早いやんか
そうなんよ〜
などと、銭湯の前でおばちゃんたちがよく立ち話をしていた
そう いえばー
そー そー
顔見知りのおばちゃんにはきちんと挨拶
あら
こんばんは
わたしがお風呂からあがって、帰る用意をしていると
ガラッ
ごめん、表で話してたら寒なって来てもう一回入らして〜
なんてこともありました
おやすみなさい
おかしいやろ〜

女湯と男湯

――女なんて全然つまらない

外見的な変化にはヘコむものの、わたしは歳《とし》をとるのがイヤというわけではない。特にそれまで恥ずかしいと遠慮していたことが、恥ずかしくなくなりつつあるのは愉快である。たとえば、以前なら電車で空席を見つけたら、そこを狙《ねら》っている人が誰もいないと判断できてからでないと座りに行かなかったが、今は取り合って負けてもいいからチャレンジできるようになってきた。

「あの人、今、座ろうと思ったけど失敗したな」

と思われることに動じなくなってきたのだ。もう少しで「平気」の域に行けそうである。しのびよるオバサン化は、わたしを確実に生きやすくしているようだ。早く公共の場でどかどかと男子トイレを利用できるようになりたいものである。

さて、このように歳をとって恥ずかしさが緩んでくるのとは逆に、子供時代には突然、恥ずかしさが芽生えることがある。昨日まで平気だったのに、今日から急に恥ずかしくなる、などという経験は誰にもあったのではないかと思う。近所の人に挨拶するのが急に恥ずかしくなるとか、親戚の集まりが急に恥ずかしくなるとか。決定的な何かが起こったわけではなく、まわりは誰も変わっていないのに、自分だけが急に恥ずかしくて自然にすることができないのだ。

お風呂もそうだ。年頃《としごろ》になってくると男の子はお母さんと、女の子はお父さんと入るのが恥ずかしくなる。わたしで言うなら、小学校の3年生のある日から急に男湯に行けなくなった。ずーっとなんともなかったのに、突然恥ずかしくなって男湯に足を踏み入れられないのだ。

「もうそういう年頃なんかな」

などと母に言われると、ますます意識して恥ずかしさが増した。

もともと、それまでも父と一緒に男湯に入ることはほとんどなく、いつも母と一緒の女湯だった。だから男湯に行けなくなったからといってもさほど変化はなかったのだが、ただ、男湯の脱衣場で遊べなくなったことはショックだった。

女湯にはおもちゃのパチンコ台がひとつあるだけなのに、男湯には大きなピンボールマシーンがあり、男の子たちはいつもそれに群がって遊んでいた。まだ小さかったわたしにはピンボールは無理だったのだが、それでも背伸びしながら覗《のぞ》きこみ、お兄さんたちに交じって参加しているような気になって楽しく遊んでいたのだ。

だけど、それももうできない。男湯が恥ずかしくなってしまったからだ。わたしは女湯の脱衣場のベンチに座り、母があがってくるのを待ちながらひとり退屈していた。妹が自由に女湯と男湯を行き来しているのが、癪《しゃく》にさわった。

わたしもまた男湯に行きたいなぁ。

今から思えば、それはただピンボールが恋しかったわけではなく、たぶん、あの男湯の脱衣場全体の雰囲気が恋しかったのだと思う。

男湯の脱衣場は気ままだった。

そこには女湯にはない自由な雰囲気があった。

風呂からあがればすぐ服を着る女湯チームと違い、男湯チームは大抵パンツ一丁だ。パンツも穿かずタオルを巻いているだけというオジサンもいた。いや、タオルを最後まで巻かずに、局部に乗せたまんまベンチに座っているオジサンもいた。頭を乾かしている人もいなければ、きちんと服をたたんでいる人もいない。男湯の人々はジュースやビールを飲み、タバコを吸い、将棋をし、いいかげんな感じである。

オバサンたちもジュースくらいは飲むが、オジサンののんびりの仕方とはまるで違っていたのだ。

女湯なんかつまらない。女なんて全然つまらない。男湯のほうから笑い声が聞こえるたびにスネた気持ちになっていたわたし。わたしは男湯に行けなくなってから、自分が女湯の人間、すなわち女であることを改めて感じていたのではないだろうか。そしていつの間にか女湯を受け入れて、少しずつ大きくなっていったのである。

女湯のできごと
中学一年のとき、銭湯で友達と会ってしゃべっていたら
同じ中学のヤンキーの先輩が近づいてきた
アンタちょっと来て
わたしではなく、友達が脱衣場のすみに連れて行かれた
ヤンキーが帰ったので友達に事情を聞いたところ
なに言われたん？
今日、学校でわたしがはいてたくつ下がなまいきやったって言われた
こんなとこで注意せんでも……
銭湯は中学生にとっては息も抜けぬ場所であった……
はー

女湯のできごと

真夏の夜の
銭湯が憂うつだった
ぞろぞろ
なぜなら
はー
銭湯の明りに
さそわれて
女
たくさんの虫たちが
入り口に集合して
いたからです
巨大な蛾
無理!!
入られへん
ビクッ
噛まへん
から
大丈夫
←母
そーゆー
問題じゃ
ないの!!

女湯の挨拶

――ええお湯やったよ～

少し前に夕暮れどきの銭湯にひとりで行ってみたのだが、そういう時間帯はやはりお年寄りが多い。孫を連れて来ている人もいるので平均年齢は意外に若くなりそうだが、でもまぁ、夜の銭湯とはかなり雰囲気が違っていた。

その早めの銭湯で、わたしはあることに非常に興味を持っていた。

帰るとき、どんな挨拶をするんだろう？

銭湯で知り合いと一緒になった場合、先に帰る人は、残る人に対して軽い挨拶をするものだが、まだ陽も暮れていない時間に来るお婆《ばあ》さんたちは、なんと声を掛け合うのだろう？　夜だったら「おやすみなさい」というのが自然だと思うが、夕方5時で「おやすみなさい」ではちょっと早い気もする。「お先に」なのかなぁ、などと考えつつ、わたしはベンチに腰掛けておしゃべりを楽しんでいるお婆さんたちの解散の瞬間をそれとなく待っていた。やがてひとりのお婆さんが「よっこらしょ」と立ち上がりこう言った。

「じゃ、おやすみなさい」

何時に寝るねん!!

ちなみに「おやすみなさい」と言われたお婆さんも「おやすみなさい」と自然に返答していた。歳をとると就寝時間が早くなるということを再確認したわたしである。


さて、そんな銭湯での挨拶について少し書いてみたい。

わたしが子供の頃に気になっていたのが、「いいお湯でしたよ〜」という挨拶である。大阪弁で言うと「ええお湯やったよ〜」になるのだが、わたしはこの「ええお湯」という表現が気になって仕方がなかった。銭湯に行く途中の道ばたで、銭湯から帰ってくる近所のおばちゃんに会うと、

「こんばんは、ええお湯やったよ〜」

と言われることがある。母はそれに対して「ほんまぁ、おやすみなさい」と笑顔でサラッと答えていたのだが、わたしは内心「ええお湯ってどんなお湯?」と想像をめぐらせていた。いい湯加減だった、という意味なのはやがて自然にわかっていくわけだが、幼かったわたしにとって、おばちゃんたちの言う「ええお湯」は、なんとなく味を表現する言葉のように思えた。「ええお湯」とは「美味《おい》しいお湯」のイメージ。だから「ええお湯やっ

たよ～」と挨拶されたあとに入る湯舟は、わたしの中では「ぐつぐつ沸いた美味しいスープみたいなお湯」になっていて、つかっている間中、お鍋《なべ》の中にいるような気持ちになっていたものだ。

こんな大人の挨拶が羨《うらや》ましかった。「ええお湯やったよ～」もそうだけど、「あら、今日はおそろいで」とか「お先です～」とか。いろいろあって楽しそうだ。第一、自分たち子供が言える挨拶といえば「こんばんは」と「おやすみなさい」だけで、しかもそれは目上であるおばちゃんたちにしか言えないセリフ。小学校の同級生にお風呂で会っても「こんばんは」とか「おやすみなさい」と言うのは照れくさいので、わたしたちに用意されている言葉がなかったのだ。

いつかおばちゃんになったら、わたしも銭湯であんな挨拶をしたい。

子供とはなんてささやかな夢を見る生き物なのでしょう……。

それにしても、冷静に考えると銭湯で毎晩使う「おやすみなさい」という挨拶は面白いものだったなぁと思う。ほぼ毎日、他人に「おやすみ」を言うなんて、銭湯以外で他にあるんだろうか？　仕事の人なら「おつかれさまでした」だし、知り合いや友達なら「バイバイ」「またね」「さようなら」「気をつけてね」「ありがとうございました」「失礼します」などがあるものの、「おやすみ」ってのはなかなか機会がない。「おやすみ」と言い合うためには、互いの家までの距離が近くないと不自然だからだ。

そう考えると、あの銭湯の「おやすみなさい」は、なかなか貴重な「おやすみなさい」だったような気がするのである。

女湯のできごと
冬はいっぱい着こんで
さむっ
銭湯に行くので
ゆ
脱ぐのもひと苦労
はー
ロッカーの中は自分の脱いだ服が地層のようになっている
ぎゅー!っ
洗い場からあがってバスタオルを引き抜こうとして
なだれになったり……
あ〜〜〜
しかも帰り道は着こみすぎて暑くなる
暑っ

女湯のできごと
風呂からあがって脱衣場のテレビを見ていたら
番台のおばさんがテレビに大爆笑していた
アハハ
アハハハ
わたしも笑ったほうがいいかなと思って笑ってみたら
アハハ
アハハ
アハハハ
アハハハ
おばさんはうれしそうだった
おもしろいねー
しばらく笑っていたら帰るタイミングを失って
アハハハ
30分くらい見てしまった
アハハ
アハハ
アハハハ
アハハ
ゆ
それもまた良し

女湯と赤ちゃん

――茹であがったお芋

上京していくつかの銭湯に行ったけれど、アレがないところが多い。アレというのはベビーベッドだ。子供連れの人はたまにいるけれど、小さな赤ちゃんをかかえて銭湯に来ているお母さんというのを見かけたことがない。考えてみたらひとりでは大変だろうと思う。というか、ムリだ。赤ちゃんを洗ってあげることはできても、お母さんは自分のカラダなど洗えないからだ。

東京にも昔はきっとベビーベッドが銭湯にあったんだろう。今は部屋にお風呂がついているのが一般的だし、赤ちゃん連れのお母さんが無理して銭湯を利用することもないのだ。

わたしが昔通っていた銭湯には、ベビーベッドが8台ほど並んでいた。そして、脱衣場の中央にずらーっと2列に置かれたベビーベッドに、ずらーっと赤ちゃんが並んでいたのだ。もちろんその赤ちゃんの数だけのお母さんが、湯舟につかってカラダを洗っているのである。

お母さんたちがあがってくるまで赤ちゃんたちの面倒を見るのは誰かというと、それはお風呂屋のおばちゃんだ。若いお母さんが、先に洗った赤ちゃんをだっこして脱衣場に出てくると、それを待ち構えていたおばちゃんが「はいはい」と受け取る。茹《ゆ》であがったお芋を受け取るみたいな光景だ。そんなホカホカの赤ちゃんをおばちゃんに渡した若いお母さんは、やっと自分のお風呂タイムに突入するのである。

お母さんが赤ちゃんを洗う、赤ちゃんをお風呂屋のおばちゃんに渡す、お母さんがカラダを洗う。

それはテンポの良い流れ作業のようで、わたしは赤ちゃんがお風呂屋のおばちゃんに手渡されるところを見るのが大好きだった。なんというか、「よかった〜」という良い気分なのだ。

赤ちゃんが大事にされているのを見るのは、嬉しいことだった。わたしには4歳下の妹がいるのだが、妹がおばちゃんにおしめをされているのを見ると、嬉しくて嬉しくてたまらなかった。お母さんやお父さんではない他の人にも、妹が大切にされている。それは、自分もこんなふうにしてもらっていたんだという安心だったのではないだろうか。

さて、その赤ちゃんを渡されたお風呂屋のおばちゃんは、お母さんがあらかじめバスタオルなどしいて用意しておいたベビーベッドに寝かせる。お風呂あがりで気持ちが良いので、どの赤ちゃんもごきげんである。おばちゃんが、濡れたカラダを拭《ふ》いてあげ、てんかふんをはたいてあげ、おむつをして服を着せてあげる間も赤ちゃんはポワーンとした顔でじっとしている。最後の仕上げに、枕元に置いてあるその子の哺乳瓶《ほにゅうびん》（名前が書いてある）の飲み物を飲ませてひとまず終了。もちろん、その作業の間にも、お風呂屋のおばちゃんは先にあがって服を着せた他の赤ちゃんたちの様子にも目配りし、泣けばだっこしてと大忙しだ。おばちゃんはひとりしかいないので、お母さんたちも、赤ちゃんを脱衣場に持ってくるのを時間差にしたりして気をつかっていたが、たまに連続で赤ちゃんがあがってくると、おばちゃんはてんやわんやだった。

新しい団地が建ち、抽選に当たった若い夫婦が方々から集まり、赤ちゃんを連れて銭湯に来るようになる。そして脱衣場にはずらりとベビーベッド。ずいぶん昔の話のようだけど、これはほんの30年前の風景なのだ。

別に、またあの時代が復活すればいいなとは思わないけれど、ただ、街の銭湯に赤ちゃんがウヨウヨといたあの風景は愉快だったと顔がほころんでしまうのである。

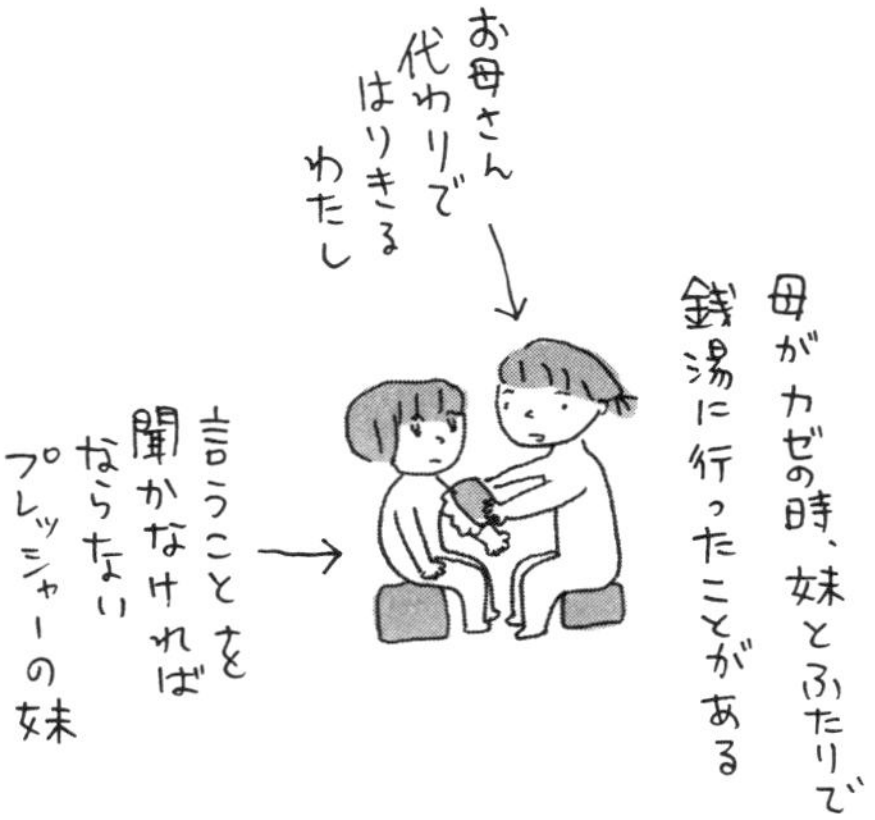
母がカゼの時、妹とふたりで
銭湯に行ったことがある
お母さん代わりではりきるわたし
言うことを聞かなければならないプレッシャーの妹

女湯のできごと
東京の銭湯にもよく見ると今もベビーベッドがあったりします
赤ちゃんが寝ているのを、見たことはないけれど
昔はここにたくさんの赤ちゃんが並んでいたんだろうなぁ
赤ちゃんの声がする脱衣場だったんだよなぁ
わたしも昔、通っていた銭湯で、よくベッドをのぞきこんだ
今はもう
「大きな古時計」のメロディで
誰もいないベビーベッド〜

女湯のできごと
遅い時間にひとりで銭湯に行くと
よく近所のおばちゃんが待っててくれた
若いわたしがひとりで帰るのを心配してくれたのだ
一緒に帰ろか
おしゃべりしながら帰る夜道
あんたとこ梨食べるか?
食べる
食べるんやったらちょっと持って帰り
などと、時々お土産をくれることもありました
ハイ

女湯の読書

——マンガバトル

おこづかいを貰いはじめたのは、確か小学校の5～6年生のときだったと思う。それまでは欲しいものがあったら、母と一緒に買い物に行ってねだるシステムだったが、あるときから1ヶ月前払いのおこづかい制になったのである。ちなみにうちの母の教育方針は「取りあえず近所の子と同じで……」という無個性テイスト。どこかの家庭でおこづかい制をやっていると聞いて、早速マネしてみたんだろうと思われる。

おこづかいを貰うようになってわかったのは、わたしがケチな子供だということだ。せっかくもらったおこづかいを使うのが嫌で、なんにも買わずにいつもコツコツとためていた。しかもなんの目的もなくためるという暗い感じ……。娯楽の品を自分のおこづかいで買うのも嫌で、その頃に流行《はや》っていたマンガも全部学校の友達や近所の子に借りて読んでいたのである。

そのケチっぷりは高校生になってもつづいていて、当時、友達の多くが読んでいた「別冊マーガレット」と「別冊フレンド」も、自分では決して買わずにいつも銭湯で読んでいた。脱衣場の長《なが》イスに置いてあって自由に読むことができたからだ。

そのマンガは、まずお風呂屋さんの娘さんが読むので、毎月発売日の2〜3日後にやっと銭湯の脱衣場に登場する。だから、そろそろ今夜あたりは来るかな？　という日は心が躍ったものだ。

マンガのつづきはどうなっているんだろう？

銭湯に来て、予想どおりマンガが長イスに置いてあると小躍りしそうになった。

しかし、これがまたもどかしいのである。いつも母より先に風呂からあがってマンガを読むのだが、ちょうどいいところで、後からあがって服を着終えた母が「もう帰るよ」とせっつくのだ。

「もうちょっと！」

と待ってもらうこともあるが、待たれているとマンガに感情移入ができない。つづきはまた明日ということになる。翌日は、母よりもっと早くお風呂からあがってマンガを読もうと、湯舟にはほとんどつからずに洗い場から出てくるのだが、楽しみにしていたマンガを他の子が先に読んでいたりする。

早く帰ってくれないかなぁ。

できるだけ、マンガを待っていない振りをして隣で女性週刊誌をめくっているのだが、ようやくその子が帰った頃には、母も帰る準備が整っていて、ぜんぜん読めなかったりするのだ。

しかも、わたしとマンガを取り合っていたのはよその子たちだけではなかった。血の繋《つな》がった妹も強力なライバルだった。

妹はすでに、夕べここで「別冊フレンド」を読み終えていたはずだから、今夜は「別冊マーガレット」を狙っているはずだ。しかし、わたしはまだ「別冊マーガレット」が途中……。

わたしたち姉妹はマンガを読むために早送りのようにカラダを洗い、走るように脱衣場に飛び出て、バスタオルでカラダを拭ききらぬうちにマンガを取り合って読んでいたのだった。

妹に勝つために、わたしは新たなる作戦を考えたりもした。発想の転換で、風呂あがりに読む、というスタイルをやめ、風呂に入る前に読むという手段に出たのだ。いつものように母と妹と3人で銭湯にやって来て、彼女たちが洗い場に向かっても、わたしひとりだけは脱衣場に残った。まずマンガを読み、キリの良いところでお風呂に入ることにしたのだ。これは我ながらなかなか良いアイデアで、よその子というライバルはいるものの、実の妹とのバトルはなくなり敵が減った。ただ、マンガに没頭しすぎて、妹と母が風呂からあがってくるまで読みつづけ、母に本気で怒鳴られるという難点はあったんですけど……。

毎月マンガを楽しみに待つ、という行為が本当に懐かしい。今のわたしには、そんなものがない。かろうじて毎週見ているテレビはあるけれど、ビデオに撮るほど入り込むこともない。マンガバトルを繰り広げていたあの頃が、少し羨ましい気もするのである。

女湯のできごと
銭湯ののれんにはいろんなサイズがあるようです
東京は丈が短め
わたしの故郷の大阪は丈が長い
昔、妹はリンボーダンスみたいに、のれんをくぐれたが、
カラダのかたかったわたしには
ムリだった
くやしい
わたしが出来ないとわかると、妹は余計に自慢げにやっていた
ホラ

女湯のできごと

あったまったし
そろそろ
あがるか
おばあちゃんと
入ろうねー
もう出る!!
もう
少しね
じゃあ
50数えたら
いーち
にー
さーん
なんか
出にくい
さんじゅー
さんじゅーいち
とりあえず
50まで待つか
ハハハ

女湯とおばちゃん

――もったいない魂

おばちゃんたちの「もったいない」という感覚は、家の中だけでなく外にもじわじわ染み出ていることがある。

先日、新幹線でおばちゃんたちの集団と乗り合わせたのだが「もったいない」の香りが車内中に漂っていた。これから旅行するというそのおばちゃんらは、みな当たり前のように自分たちの作ったお弁当を持参しているのだ。プラスチックの入れ物に、ほうれん草のおひたしとか、夕べの残りの煮物などがつめられていて、中にはお弁当箱というシステムではなく、アルミホイルにおかずを包んできている人もいた。そして、

「よかったら、この卵焼きもどうぞ」

などと、それぞれ楽しそうに交換しあっているのだ。旅行のときくらいちょっと贅沢《ぜいたく》に駅弁を買ってもいいんじゃない？　と思って見ていたら、おばちゃんたちがこんなことを言っているのが聞こえた。

「駅弁は高いわりにあんまり美味しくないしねぇ」

「そうそう、自分らで作ったほうが美味しいしねぇ」

雰囲気にお金は使わないという地に足がついた「もったいない魂」に頭が下がる思いだったが、まだ真似したくない気もするわたしである。

こんなおばちゃんたちの「もったいない魂」は、わたしの銭湯の思い出の一部分にもなっている。

たとえば銭湯の脱衣場にある髪の毛を乾かす機械。おばちゃんたちは、その機械の温風にさえも「もったいない魂」を働かせていた。

今でも普通に銭湯の隅に置いてあるのでご存じの方も多いはずだが、知らない方に簡単に説明すると、その乾燥機はひとりがけのソファ風のイスで、上部に大型のヘルメットのような機械が付いている。そのヘルメット部分に頭部を入れお金を投入すると、温風が頭全体に吹きかかってくるのだ。温風がくる時間はだいたい3分くらいで、時間がきたら自動的に止まる。夏場はほとんど使われることがないのだが、寒い季節になると銭湯帰りに髪が濡《ぬ》れたままでは湯冷《ゆざ》めするので、利用する人がぐっと増える。

ただ、子供はたいていあの機械が嫌いだ。かぶったヘルメットから3分間も温風が出てくるのなんか気持ちが悪いからだ。耳もとでゴーゴーと音がするのも怖いし、息も苦しい気がするし、母親に言われてもいつも逃げまわっていたものだ。だから冬場でも髪が濡れたままの子供が脱衣場には結構いて、わたしもそのひとりだった。

しかし、そんな子供を一瞬で動かしてしまうのが「もったいない魂」を持つ、よそのおばちゃんたちだ。

乾燥の機械を使用しているおばちゃんの中には、短髪のせいで3分を待たずに髪が乾いてしまう人がいる。乾いてしまえばもう自分は終了なので、そばにいる子供を大声で手招きするのだ。

「ほら、まだ時間残ってるからおいでっ」

運悪く近くにいた子供は、おばちゃんと交替して機械の中に頭を入れるしか道がない。なにせおばちゃんは「もったいない魂」のせいで、ものすごくあせっているから嫌がっている時間がないのだ。

「ほら、早く早く、もったいないから!!」

と言っても、乾かす時間は1分も残っていないのだが、それでもおばちゃんは自分の残り時間で子供が髪を乾かしているのを見て満足そうにしていた。

そして、わたしを含む子供たちには、とっても迷惑な「もったいない魂」だったのである。

ゴー
ゴー
ゴー
ムンムンする……

女湯のできごと
銭湯が日常だった頃は、いろんな失敗をしたものでした
軽いところではタオルを忘れ
あっ 忘れた!!
番台でよく借りた
タオル忘れた
はいはい
洗面道具を脱衣場に置いたまま、洗い場に入ったり
忘れた!!
洗面道具持たんと何してんねん
自分でツッコミ
うっかり手ブラで銭湯に行くことも
あっ!!
いらっしゃい
こういうことはわたしだけでなく結構いろんな人が似た失敗をしてました

母と妹と3人で
銭湯から帰るとき
わい
わい
誰も荷物を持って
ないこともあったっけ
(銭湯に忘れてる)
あら？
荷物は？
お母さん
持ってると
思ってた
そういえば
わたしはやらなかった
けど、こういう失敗も
ありました
洗い場に入って来た
おばさんが
あっ
パンツをぬぐのを
忘れたままだったり
自分で気づく
いやーん
なんてことも
ごくごくたまに
ありました
アハハハハ
考えごと
してはったん
やろ
そー
そー
銭湯が特別では
なくて生活の一部
だったから、
気がゆるんで
いたのだと
思います

女湯の飲み物

――フルーツ牛乳だけじゃない

銭湯の飲み物＝フルーツ牛乳と語る人がいるけれど、銭湯生活の長かったわたしとしては「待った」と言いたい。確かにフルーツ牛乳はわたしも飲んだし、美味しかった。しかし、それだけじゃないだろう？　と思ってしまう。あそこにはいろんな飲み物があったではないか。

湯あがりの飲み物には、そのときどきによって個人的なブームがあった。とはいうものの、うんと小さいときはブームなどと悠長なことは言っていられない。幼いわたしが選択できたのはヤクルト、牛乳、フルーツ牛乳という3つだったからだ。ヤクルトや牛乳は家でも飲めたから、もちろん銭湯ではフルーツ牛乳を選んだわたし。

さて、そのフルーツ牛乳。飲みすぎるとおねしょすると言われ、妹と半分ずつにして飲まなければならないので、しょっちゅうモメていた。瓶の半分で交替なのに、妹がグビグビ飲みすぎてわたしが怒ったり、わたしが飲みすぎて妹が泣いたり。なにより一番ムッとしたのが、背後から母が「お母さんのぶんも残しといて」と突然、参加して来たときだ。

こっちはふたりで半分ずつという配分で飲んでいるのに、途中で母にそう言われると、後半部分を飲んでいた者が損をするではないか。仕方なく、母のぶんを瓶底から1センチくらいだけ残して渡すと、いつも「少ないなぁ」と苦情がきた。

年齢が上がってくると飲み物の幅が広くなって、炭酸も飲んで良いことになっていた。ラムネを1本全部飲んで良いと言われたときは嬉しかったものだし、ラムネを自分で開けられたときは大人気分だった。ビー玉でみっちり栓がしてあるのでなかなか上手《じょうず》に開けられなかったが、母の指導のもとビー玉が瓶の中に落とせたときはヤッターと思った。それからしばらくの間はラムネブームである。

幼馴染みの女の子が、

「ビンをずっと振ってたらビー玉が飛び出てくるらしいで」（そんなわけがない）

と言うので、ふたりでラムネの空ビンを振っていたら「うるさい」と近くにいた大人に速攻で叱られてしゅんとした。

ラムネブーム後のわたしは、瓶入りのミルクセーキとか、変な色の炭酸ジュースというケミカル時代に突入する。名前は忘れたが、発育ざかりの子供のカラダを蝕《むしば》みそうな色と味の飲み物をよく飲んでいた。今思えば、よくこんなものを母は許可していたものだと思う。わたしが親だったら絶対に自分の子供には飲ませたくないが、わたしはわたしの親ではないので仕方がない。

そして、小学校の高学年になるとオロナミンCブームの到来だ。子供は飲んじゃダメ、と言われていたが、高学年になると許しが出たのだ。というか、いつの間にかなんでもアリになっていた。

いつも湯あがりにオロナミンCを飲んでいるおばちゃんがいて、わたしはカッコいいなぁと常々憧《あこが》れていた。だから初めて飲んだときは、

どうだ、わたしはこんな大人の飲み物まで飲んでいるんだぞ!!

と誇らしさいっぱいだった。そして、そのくだらない自慢のためだけに、わたしにはオロナミンCばかり飲んでいた時期があったのである。やがてそれに飽きると、瓶入りの牛乳に目覚めてしまった。瓶入り牛乳は家で飲む牛乳とは味も微妙に違っていることを発見したのだ。しかし、母は、

「牛乳やったら家で飲めるやないの〜」

などと牛乳より炭酸ジュースを子供にすすめていた。もったいない気持ちはわかるが、健康面でものを言って欲しかった……。

こうして脱衣場でいろんな飲み物を飲んで大人になってきたわたしだが、もちろん、毎晩のことではない。今夜は飲まないでおこうと自粛《じしゅく》もした。健康を考えてではなく、親

の財布を気づかってのことである。しかし、ある意味、まわりまわって自分の健康を気づかっていたことになっていたようである。

女湯のタオル

――タワシ派VS.タオル派

カラダを洗うときはあまりゴシゴシこすらないほうが肌には良い、などとよく耳にする。掌《てのひら》で撫《な》でるように洗うのがいいと聞いたことさえある。だけどそんなことを言っていたら、あのおばちゃんたちはどうなっているんだろう?

銭湯時代によく見かけたおばちゃんたちは、結構ハードなもので洗っていた。ヘチマ、タワシ、多かったのがナイロンタオル。わたしも結構長い間ナイロンタオルを使っていたが、強くこすると痛いのでゆるやかに使用していた。しかし、そんなわたしの気持ちも知らないで、よそのおばちゃんたちは、

「ほら、背中洗ってあげよ」

と言っては、わたしのナイロンタオルを取り上げて力いっぱいゴシゴシしはじめるのだからたまらない。痛かったけど厚意を無にしてはならぬとガマンして洗ってもらっていたものである。

それにしても、あの「背中を流す」という行為は本当に不思議だった。わたしのような若者はほとんどそういうことをされることはなかったが、大人同士は微妙なタイミングで

声を掛け合っていた。

「奥さん、ちょっと流そか」

などと突然立ち上がり、カラダを洗っていた自分の顔見知りのおばちゃんのタオルを奪ってこすりはじめる。

面白かったのはタワシ派のおばちゃんとタオル派のおばちゃんとのやり取りだ。

タオル派のおばちゃんは、タワシ派のおばちゃんの背中を流すとき、いつもすごく怖がっていた。

「奥さん、タワシなんかで痛ないのん?」

とタワシでそろりそろり洗っていたら、タワシ派のおばちゃんは、

「これくらいやないと洗った気せんわ」

と答えている。

そうかと思えば、タワシ派のおばちゃんが、タオル派のおばちゃんの背中を流すときは、

「奥さん、こんなんで頼りなくないのん?」

と質問していたり。それぞれ自分の選んだ素材が一番いいと思っている。

そして、ここが重要なのだが、おばちゃんたちは銭湯で会うたびに背中を流しあっているのかというとそうではなかった。おばちゃん同士のタイミングがあるのだ。銭湯は毎日

のことだし「互いの負担にならないように」という微妙な距離の取り具合があったのだろうと思う。

今日は久しぶりだから「奥さん、ちょっと流そか」と声を掛けてみようか。

この前やったばかりだから、今日は挨拶だけにしとこうか。

女湯のルールは流動的で、中・高生時代のわたしはそういう大人のやり取りを目撃するたびに「自分もいつか自然にできるようになるんだろうか？」と不安になっていたものだ。

いつかできるようになるんだろうか？

というわたしの問いは、自分の未来が絶対にここにあるんだと思っていた若さである。大人になったら地元で結婚して、銭湯に子供連れで来て、おばちゃんになって背中を流しあうのだと疑うこともなかったあの頃。20年後の自分を覗いたら、びっくりするだろうなあ。

地元を離れ、未婚の37歳の女。

きっと17歳のわたしには、今のわたしの日々の幸せなど、想像できないに違いない。

おばちゃんトーク
今日、パーマあてたし髪洗われへんねん
1日おいた方が長もちするしな

女湯のできごと
番台って
小さい部屋って感じでいいなーと思う
うふっ
自分の家の中に番台スペースがあったら楽しそう
マンガ家の伊藤理佐さんの家はふきぬけトイレだし
自由ね～
ステキー
やっちまったよ一戸建
番台があってもいいよね～
バタン
番台でボーッとしたり
番台でケーキ食べたり
もぐもぐ

長電話は苦手だけど番台だったらしてもいいかも
あらー
そー！そー！
番台があれば仕事もはかどるかも
ひらめいた!!
スラスラ
わおっ
どんどん書ける
番台ってすご〜い
カキカキ
バンダーイ
バンダーイ
んなこと言ってる場合かっ
あたし!!
まずは仕事をしっかりしないとね
やれやれ
の湯
ゆ
いらっしゃい
こんばんはー
やっぱいいなー番台

女湯からのラブコール

——子供のわたしが夢見ていたこと

結婚したら、わたしもお風呂屋さんであんなことをやってみたいなぁ
と、子供のわたしが夢見ていたのは、銭湯での男湯と女湯の声の掛け合いである。

女湯の湯舟につかっていた若い奥さんが、

「けーちゃん、出るよ〜」

などと男湯に向かって声を掛けると、

「おうっ」

という短い声が、へだてた壁の向こうから返ってくる。

男湯から「おいっ、あがるぞ〜」と最初に声がすることもあり、そんなときは女湯の奥さんが「はーい」と甘えたような返事をする。わたしは顔の見えぬ男湯の主《ぬし》を想像しては、ロマンチックだなぁとうっとりしていたものだった。

こういうやり取りを年輩の夫婦がやることはまずない。いつまでも「けーちゃん、出るよ〜」などとやっていようものなら、

「いいかげん何やっとんねんっ」

という目で周囲に見られるのがオチ。若夫婦のみが、新婚期間だけに許されている免罪符のようなものなのである。

それに子供が生まれれば、その子を伝書鳩《でんしょばと》代わりにして男湯と女湯を行き来させることもできるし、なにより、長年銭湯に通っていれば、どの人とどの人が夫婦かが銭湯側にはわかるので、自分たちで声を掛け合わなくとも、番台のおじさんやおばさんが間を取り持ってくれた。

「鈴木さん、奥さん出ますよ〜」

番台から男湯の脱衣場に声が掛かれば、夫は帰り支度をするのだ。

といっても、歳をとってくると夫婦も別々の時間に銭湯に行くようになるらしく、なんやかやとにぎやかに盛り上がっているのは若い世代だったように思う。

話は最初に戻るが「男湯と女湯の掛け合いの夢」は、実は叶《かな》わなかったわけではない。東京でひとり暮らしを始めて銭湯から離れていたわたしだけど、彼氏と「たまには銭湯に行くか」と話がまとまったときに、その夢を強引に叶えることができたのだ。

わたしと彼は、銭湯の入り口で「30分後に出よう」とそれぞれ別れた。にもかかわらず、わたしは約束の30分後より前に、男湯に向かって「出るよ〜」という念願の言葉を投げ掛けたのである。どうせ男湯の人々にわたしの顔は見えないのだから、できるだけかわいこぶった声にしてみたところ、男湯からものすごく戸惑ったような、彼の「うん」という声が返ってきた。女湯からそんな言葉が飛んでくるとは思わなかったから相当ビビッたらしい。

「かわいい声にしたから、かわいい彼女と思われたかもしれないよ～」

と、わたしが言うと、彼は「はいはい」とちっともノッてはくれず、彼女の夢が叶ったことも知らないまんまだったのである。

銭湯のイスに座るのが
イヤな人もいる
人それぞれ

女湯のできごと
銭湯のジェットバスでのんびりしていたら
は〜
わたしの目の前を
ん?、
一本の陰毛が流れていきました
それがあまりにも太くて立派な陰毛だったので
わー
一体どんなひとのものなんだろう?
などというくだらないことを考えてしまいました
マンガにする必要もないんですけどね……
やれやれ

女湯のできごと
銭湯の帰りに
おやすみなさい
おおきに
母→
わたし
←妹
雨が降り出していると
あら!!雨や
ゆ
母が銭湯で一本だけ傘を借りて家に帰り
ゆ
わたしたちの分の傘を持って戻ってきた
小雨の時は、バスタオルをかぶって走る
わー
家から銭湯までトンネルがあればいいのにな〜
ゆ
という空想をよくしていたわたしでした
トンネル

女湯のできごと
昔通っていた銭湯に深い湯船があった
(断面図)
大人の胸くらいある
立ったままウエストをねじる体操をしている人がいたり
頭をヘリにのせて全身を浮かせながら入っている人もいた
ぷか〜
子供は足がとどかないので、お母さんに抱きついて入る
うちはふたり姉妹なので、ふたりで抱きついた
ひとりで入れる浅い湯船もあったけど深いほうが好きだった
「もうお姉ちゃんでしょ」って言われず、妹の前でも甘えられたから

女湯のできごと
母が髪を洗っているときは、ひとりで遊んだ
ウロウロ歩きまわって
お湯の温度をたしかめたりして
飽きると母のもとにもどる
おかあさん
たまに間違えてよそのおばちゃんのもとへ……
あら
こっち こっち
アハハ
アハハハ
大人はこういうことをいつまでも笑うからイヤだった
アハハハ
アハハハ

女湯とパンツ

――ミニパンとデカパン

以前、女友達数人と下着の話になったときに驚いたことがある。そこにいた大半が、パンツとブラジャーの色くらいは合わせているというのだ。中には常にパンツとブラジャーはセットのデザインで着用しているという者までいた。

えええーっ、マージーで!?

と素直に驚いていたわたしのパンツとブラジャーは、いつも色も素材もバラバラだ。たまに同じ色になることはあるけれど、それはあくまでも偶然。本当にオシャレな人は下着に凝る、などと言うが、あれは事実なのかもしれない。見えないところでオシャレしたって仕方がない、という貧乏オーラのせいで、わたしはいつまでたってもアカ抜けないのだ。

銭湯で若い女の人が上下そろいの下着をつけていたりすると、気合いが入っているなぁと感心してしまう。特に黒い下着は銭湯で見るとかなり艶《なまめ》かしい。周囲のおばちゃんたちは、お腹《なか》まですっぽり隠れる白やベージュのデカパンばかりなので、余計に黒くて小さな下着が眩《まぶ》しく美しいのだ。

そういえば、うんと子供の頃は、銭湯でお姉さんたちが小さな小さなパンツを穿《は》いているのを見て、心の中で大笑いしていた。

あんな小さなパンツは変だ。ぜんぜんお尻が隠れていないじゃないか。わたしは大人になってもあんなパンツだけは穿かないぞ。

そう固く心に決めていたのだが、中学生になると、学校内で女子同士のスカートめくりが大流行。めくられたときに子供用のデカパンだと失笑されるので、わたしもあわててミニミニパンツを買って穿くようになったのだ。

それにしても、今後わたしは、一体どの時点で、おばちゃんたちのデカパンにチェンジするんだろう？　これはとても気になることだ。中学1年のとき以来、ずっとミニパンツの道を歩んできたし、37歳の今も、ブラジャーとの色は違えどもパンツはヤングなミニ型である。だけど、いつまでもミニパンツというのも、それはそれでがんばりすぎていて変ではないか？　などと心配である。普通、おばちゃんたちのデカパンは、お腹まですっぽり隠れるだけじゃなく、冬場は太ももの半分くらいまであるロング型の場合が多い。あれはかなりあったかそうだ。冷え性のわたしとしては本当に羨ましい。たまに小さめの派手パンツのおばちゃんもいるにはいるけれど、こちらはどうも違和感を感じてしまう。

違和感と言えば、つい最近、銭湯で隣に座ったお婆さんがワキ毛を剃っているのを見て、わたしはものすごい違和感を感じてしまった。

えーっ、まだワキ毛を剃らないといけないのですか？

お婆さんがシャリシャリと剃刀《かみそり》を使っている隣で、違和感と同時にやるせない気持ちになってしまった。

いいのである。いつまでもきれいでいることはステキなことだし、身だしなみも大事なことだとは思うのである。わたしだって、若々しいお婆さんでいたいという希望はあるのだ。だけど、心の中にもうひとつの意見が渦巻いていて、それは、

歳をとってまできれいでいる努力をするのはいやだ！

というものである。

せっかくお婆さんになったのなら、もうそういうことから解放させてもらいたい。ワキ毛（わたしは永久脱毛しましたけど）もヒゲも手足のムダ毛も、もう生えたい放題にしたい。ミニパンツを捨ててあたたかいデカパンでお腹やお尻をすっぽり隠したいと思ってしまう。

その日は一体わたしが何歳のときに来るのだろう。いつ「もういいか」と重荷をおろすのだろう。ひょっとしたら、もうすぐそこに来ていたりして……。デカパン下着を買って身につけようと決めたその夜は、絶対に心境を日記に書き記したいと思っている。

体重計に乗って
ためいきつくおばちゃん

女湯のできごと

あれは
20歳くらいの
時でした
はー
夜の11時くらいの
銭湯からの帰り道
ブルルル
バイク
え？
ひょい
バイクってこんな？
後ろから来たバイク
に荷物をとられた
ひったくり!?
気が動転したわたしは、
立ちこぎで追いかけた
が
おりゃ〜
よく考えると
取られたのは
銭湯の荷物だけ
フロ券
だから
お金持ってない

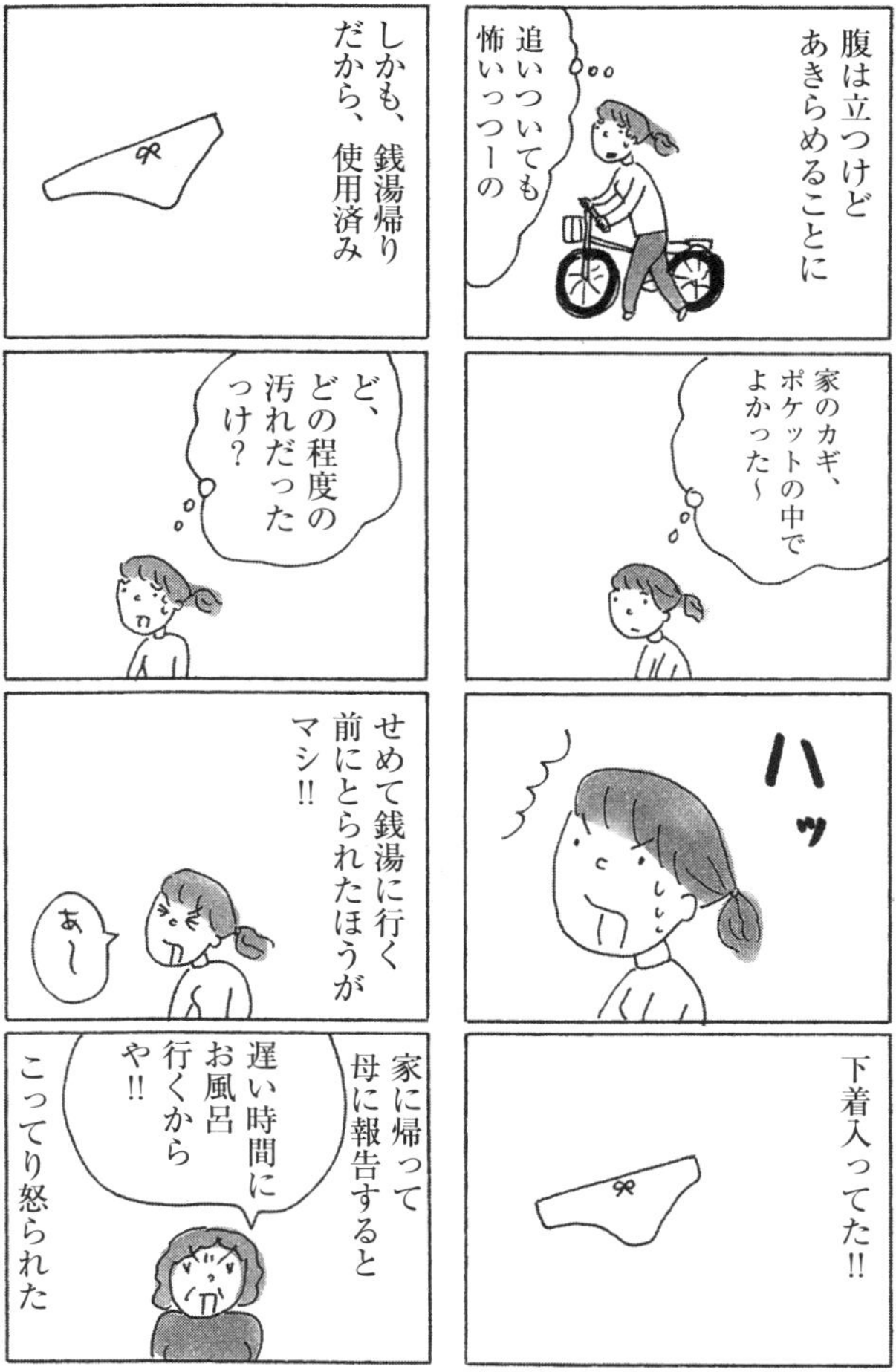
腹は立つけど
あきらめることに
追いついても
怖いっつーの
家のカギ、
ポケットの中で
よかった〜
ハッ
下着入ってた!!
しかも、銭湯帰り
だから、使用済み
ど、
どの程度の
汚れだった
っけ？
せめて銭湯に行く
前にとられたほうが
マシ!!
あ〜
家に帰って
母に報告すると
遅い時間に
お風呂
行くから
や!!
こってり怒られた

女湯と風呂券

――「中人」か「大人」か

背が高かったので、子供の頃はいつも年齢より年上に見られた。小学校の6年生のときに、家に来た勧誘かなんかのオジサンに「奥さん」と呼ばれたことさえある。12歳で奥さんと呼ばれていた自分を振り返ると我ながらちょっと気の毒だが、30歳を過ぎた頃から年相応に見られはじめたので、きっとこの先の人生は、実年齢より若く見られるに違いない、と思っている現在37歳のわたしである。

さて、話はちょっと飛ぶが、先日、銭湯好きの知り合いが、銭湯の回数券を利用していると聞いて、まだそういうシステムがあるのかと懐かしくなってしまった。わたしが通っていた頃は、小人、中人、大人の3種類の回数券があり、色も値段もそれぞれに違った。たぶん今も同じようにあるんだろうが、もうたまにしか利用しないので、回数券までは買っていないのでわからない。

当時は、回数券をみんな風呂券と呼んでいた。10回ぶんの値段で11枚の風呂券になるので、1回ぶんお得だったが、今も同じなのだろうか？　ちなみに小人は6歳までで、中人は小学生までなのだが、小人から中人の券に変わるときはうんとお姉さんになったような誇らしさでいっぱいだった。

中学1年生になると中人の券から大人券に変わり、お母さんと同じ券になる。わたしは、この大人券に変わるときが本当に嬉しかった。嬉しいというより、ものすごくホッとした。どこに行っても中学生に間違われるくらい大人びていたので、お風呂屋さんで中人の券を使うことをずっと申し訳なく思っていたのだ。お風呂屋さんとは赤ちゃんの頃からのつきあいなので、わたしが小学生ということは認識されているのだが、わたしは、いつもいつも勝手に肩身が狭かった。


こんなに背が高いのに、中人の券でお風呂に入るなんて図々しいと思われてない？


誰もそんなことを思ったりしないのに、あの頃のわたしはそんなふうに考えていたのだ。早く中学生になって、大人の値段で銭湯に行きたい。そうすれば、うんと楽になれる。

そして小学校の卒業式を終えた日。銭湯に行くわたしの足どりは軽やかだった。今夜から念願の大人の券になるからだ。

しかし、お風呂屋さんのはからいか、そういう決まりだったのか、

「中学校の入学式までは中人券でいいよー」

と番台のおじちゃんに言われ、母は喜んでいたけど娘のわたしはガックリだった。

微笑《ほほえ》ましい話である。風呂券の「中人」か「大人」で悩んでいられるなんて平和である。

だけど、あの頃のわたしにとって、それは心を悩ます大問題だった。

中学生たちと変わらないサイズの自分のカラダを、中人の値段で洗っているのが卑怯《ひきょう》に思えて、嘘《うそ》つきに思えて苦しかった。大人に言っても笑い飛ばされるだけだとわかっていたから、誰にも打ち明けずに、ひたすら大人券に変わるのを待っていた子供のわたし。

大人になって思うのは、子供のほうが辛くて大変だったということだ。大人になればなるほど鈍感になっていく自分に救われている気がするのである。

怖がりのわたしは
なかなかシャワーで
髪が洗えなかった

女湯のできごと
今、銭湯のエッセイを書いてるんです
と知り合いに言うといろんな反応がかえってくる
銭湯？
わたし一回も行ったことないです
という人も結構いる
そうなんですかー
はい
銭湯なら昔ながらの下町のいいとこ知ってるわよ
という人も割といて、銭湯を粋なものとして、再評価している感じでしょうか
どこですか
あのね
大学時代はアパートに風呂がなくて銭湯でしたよ

という人もいて、青春の一ページみたいになっていたり
へー
人によって「銭湯」もいろいろ
わたしは？わたしはどう答えるだろう
銭湯に通いながら大人になったことは、楽しい思い出ばかりじゃない
もう一度人生があるなら
家にお風呂があって時々ふらっと銭湯に行くのがいいと思う
ゆ
でも人生は一回ぽっきり
これもわたしには必要な経験だったのだろう
はーいいきもち

女湯のミニロッカー

――仲間になれて良かったね

脱衣場には着替えやバスタオルなどを入れるロッカーがあるが、それとは別に、足元とか脱衣場の隅っこのほうに小さなロッカーがあることをご存じでしょうか。貴重品入れではありません。わたしが昔通っていた銭湯には、その小さいロッカーには鍵《かぎ》もなかった。それは、銭湯の常連さんがお風呂道具を置いておけるロッカーである。現在、東京でも見かけることがあるので大阪だけのシステムではないと思うのだけれど、わたしは銭湯の評論家ではないので、一般的なことなのかどうかはわからない。

毎日銭湯を利用する人にとって、いちいち洗面器やお風呂道具を持って来て、また持って帰って、というのは面倒である。そのミニロッカーがあればずっと置いておけるのでとっても便利なのだ。

しかし、そのミニロッカーも数に限りがあるわけで、銭湯のおじちゃんやおばちゃんに常連として認められなければ使用できなかった。念押しするけど、あくまで、わたしが昔通っていた銭湯での話である。

ミニロッカーは「ここは山田さん、ここは田中さん」というように場所が決定していた。決定するのは銭湯側で、割り当てられたところに、みなきちんと収納し、また取り出して使うのだ。

わたしがもの心ついた頃には、すでに益田家はこのミニロッカーの権利を持っていた。ちなみに、父は石鹸《せっけん》ひとつだけで全身を洗えてしまうようなので、ミニロッカーは必要なかったようだ。というか、男湯にはミニロッカーがあったのかどうかも定かではない。

さて、そのミニロッカーに置いて帰るものと言えば、シャンプー、リンス、石鹸、軽石、ナイロンタオル、ブラシ、剃刀、ゴム、自分用の洗面器など一式。だから、毎日の銭湯はタオルとバスタオルと着替えだけ持参すればＯＫなので本当に身軽である。いわば常連だけに与えられた特権だ。

新しく引っ越しをして来た人たちは、このミニロッカーの「空き」を首を長くして待っていたようだが、なかなか空きも出ずちょっと気の毒だった。そして、気の毒だなぁと思いつつも、わたしは軽い優越感をいつも持っていた。

いいでしょ、うちはミニロッカーあるんだもんねー。

今から思えばなんと小規模な優越感なのだろうと呆《あき》れるが、お得意さんと認められることが子供ながらに嬉しかったのだ。

一度だけ、よそのおばちゃんがミニロッカーの権利を取得している瞬間を目撃したことがある。ひとつ空きが出たらしく、お風呂屋さんのおばちゃんが小さく手招きをして、ひとりのおばちゃんと小声で話していたのだ。

「まだ待ってはる人もいるし、大きい声では言えんけど」

などと、他のお客さんを気づかっていたが、ミニロッカーの権利をもらえたおばちゃんはニコニコすぎる笑顔だったので、子供のわたしにもピーンと来たのだった。

わたしはその瞬間、こう思った。

「仲間になれて良かったね」

まるで、セレブの仲間入りができた新人を歓迎するかのような生意気ぶりである。

だけどミニロッカーの権利を持つ人々は、どこかで小さな仲間意識を持っていたのではないかとも思う。お風呂がない家に長年住みつづけている仲間同士。ささやかだけど嬉しいこともあるよね、という励みのような、そんな銭湯のミニロッカーだった気がするのである。

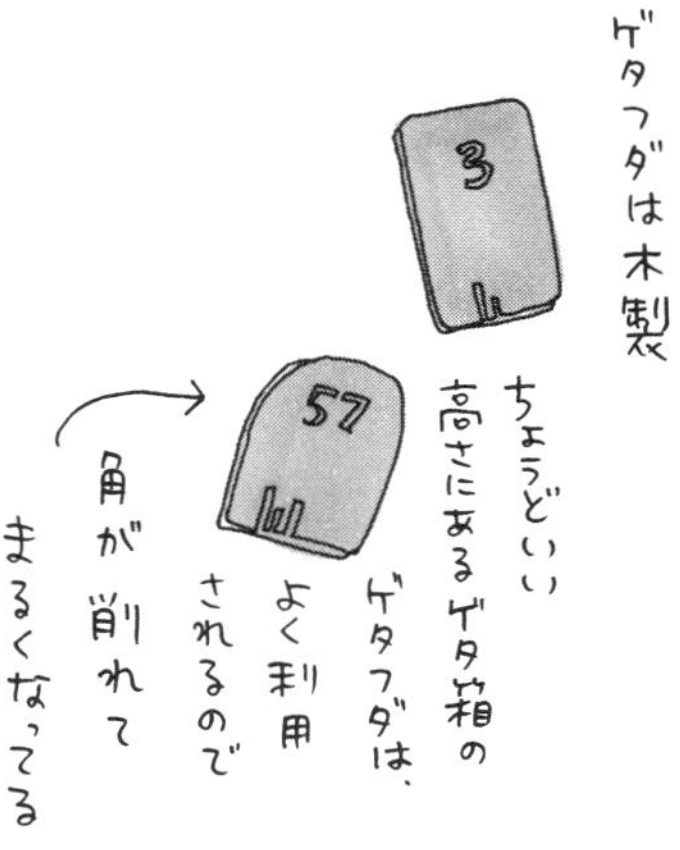
ゲタフダは木製
3
ちょうどいい
高さにあるゲタ箱の
ゲタフダは、
よく利用
されるので
57
角が削れて
まるくなってる

女湯のできごと
はじめての銭湯に少しドキドキするのは、
いらっしゃい
こんばんはー
どのロッカーを利用するか決めるときだ
えーっと
別にどこでもいいんだけれど不安になる
ここは良い場所だろうか
番台から丸見え!!
ハッ
しまった入り口からも丸見え!!
女
一体この銭湯のベストポジションロッカーはどこなの!?
あー
わたしがこんなことについこだわってしまうのは、昔のなごりと思われます

昔通ってた銭湯で、あんまり見かけない客と一緒になったとき、
はじめて見る人だ
その人があんまり良い場所のロッカーを選ばなかったから
そこは……
「わかってないなー」と、よく思った
入り口から丸見えなのに
常連ならそこは絶対選ばないぜ
チッ
チッ
チッ
とゆーわけで、現在のわたしは
どこにしよう
過去の常連気どりだった自分の呪縛に
つーか
苦しめられているのだった
なに、この過剰な自意識
ただしロッカー選びにモタつくのはカッコ悪いので、失敗してもいいからテキパキ選ぶ
さっ
さっ
さっ

女湯の大晦日

——あんたとこおせち作るの?

　女湯が一番混み合うピークはだいたい8時から10時くらいの間だった。たまに11時台に混むこともあったが、そういうのは9時からのテレビの2時間番組がよほど面白かったときである。

「あら、今日は遅いなぁ」

「テレビ見とったら途中でやめられへんようになって」

「8チャンネルやろ？　わたしも見とった」

などとドラマの話に花が咲く。そしてしまいには、

「あの人が死ぬとこ悲しかったわぁ」

と、おばちゃんたちは再び目をうるませてしまう。うちの母親も脱衣場でよくドラマの思い出し泣きをしていたものだ。

　大晦日《おおみそか》の夜の銭湯は、紅白歌合戦が終了してからどんどん混みはじめる。わたしたち一家も、紅白が終わり「ゆく年来る年」がはじまると風呂の用意をし、今年最後のお風呂に

向かった。脱衣場は紅白の話でもちきりである。小林幸子の衣裳《いしょう》のことがもちろんトップニュースだが、毎年、その会話の内容はほぼ同じだ。

「あの衣裳、なんぼくらいするんやろなぁ？」

「どこに小林幸子おるんかわからんかったわ」

「もう来年の衣裳も考えてはるんやって」

「えらいなぁ」

だいたいこんなことをしゃべりあっておばちゃんたちは満足しているようだった。

また、1年を振り返る会話も方々で行なわれている。

「早いなぁ、1年」

「ほんま、あっという間や」

「ええこともなかったけど、まぁまぁ、元気でおれたし良かった良かった」

「そうやそうや」

おばちゃんたちは、互いに背中を流しあったりしてねぎらっていた。わたしを含む子供たち（20代でも子供扱い）には似合わない、これぞ大人の会話である。

風呂からあがる頃にはすでに12時をまわっているので、バスタオルでカラダを拭きながらこういう会話になっていた。

「あら、もう正月やわ、あんたとこおせち作るの？」

「簡単なもんだけ。みんなあんまり食べへんし」

「そうそう、いつまでも残ってかなんわ」

「まぁ、そういうても、作らんわけにもいかんしなぁ」

明日の朝のおせちの話題をしながら服を着終えると、みな口ぐちに「良いお年を」と家に帰っていく。日づけは元旦でも朝になるまでは一応大晦日だからだ。

「良い、お年を。来年もよろしくお願いします」

すれ違う近所の人たちと挨拶を交わす帰り道。大晦日はいつもより少しだけ遅くまで銭湯が開いているので、1時近くになってもまだ銭湯に向かう人がいるのだ。

大晦日の銭湯帰りの挨拶は、そばで見ているだけで良い気分になった。真冬の冷たい空の下を、さっぱりと、ほかほかした顔で歩きながらの「良い、お年を。来年もよろしくお願いします」は、
新年って、なんかいいことがありそうだなぁ
という呑気《のんき》な希望を運んでいたような気がするのである。

こんばんは〜
おそろいで〜

女湯のできごと
ある日のおばちゃんトーク
ひと晩つけておくとやわらかいわよ
そうね
うちは炊飯器で炊くの
へー
しょうゆちょっと入れてね
あら
ちょっとだけ
冷ますと味がいいね
そうね
一体なんの食べものか気になりました

女湯のできごと
東京の深夜の銭湯が好きだ
ゆ
みんな少し疲れてる
シャワーを浴びたまま動かない人とか
浴槽のへりに座ってぼんやりしてる人とか
一日が終わっていくのを他人とわかち合ってる感じがするんだよね
なーんて
バシャ
バシャ
うたたね
おやすみなさい

女湯の温度

——怖いもの見たさ

うちの近所に熱湯銭湯がある。

とにかくお湯が熱いので心の中で勝手にそう呼んでいるのだ。上京して初めて行ったのがその銭湯で、

「東京の銭湯は熱いと聞いていたけど、こんなに熱いのか」

と驚いたのだが、その後、別の銭湯にも行くようになると、その銭湯が普通よりかなり熱いということが判明した。

というわけで、カラダのことを考えて、もう何年もその熱湯銭湯には近寄っていなかったのだが、ふと、まだ熱湯なのかどうか確かめてみたくなり出かけてみた。

結果からいうとまだ熱湯だった。

おそるおそる手をつけてみたところ、かなり熱い。いや、まて、自分のカラダが冷えているからかもしれない。つづいて両足を膝までお湯に入れたら、熱いというより痛かった。温度計を見ると46度になっている。見ようによっては47度だ。47度!? これはいくらなんでも銭湯側が沸かしすぎに気づいていないに違いない。

わたしの他に常連風のふたりのおばちゃんがカラダを洗っていたので「沸かしすぎですよね？」と聞いてみたかったたが、そんな勇気があるはずもなく、わたしは膝までお湯につかったままカカシのようにひとり突っ立っていた。

そういうときは水を差せば良いのだ。だが、過去にお湯が熱くて水道の蛇口をひねったところ、

「ぬるくなるからやめて」

と常連さんに注意をされたことがある。同じ銭湯ではないものの、また叱られるかもしれないと思うと恐ろしくて水も足せない。故郷から遠く離れた地で、しかも素っ裸で他人に叱られるのは悲しいものだ……。

などと思っていたらひとりおばちゃんがつかつかとやってきて、わたしが膝までしか入れない湯舟に、肩までどぼんとつかった。

ああ、やはりここではこの高温が正解なのか。

もはや水を差すこともできず、かといって後戻りもできない。もしもここで逃げ出したら、

「この程度のお湯に入れないの？」

と常連のおばちゃんに思われそうで癪にさわるではないか。後を追うように肩までお湯

につかったわたしだが、あまりの熱さに10秒ほどでギブアップ。しかしあわてて飛び出すのもカッコ悪いので、取りあえず湯舟で肩や首を回したり、大袈裟《おおげさ》に伸びをしたりして周囲に「平気」をアピールしつつゆっくりと脱出。湯舟からあがると、わたしのカラダは真っ赤なまだら模様に染まっており、心臓がバクバクしていた。いつかこの自意識過剰のせいで命を落としかねないか心配だ……。

ちなみに、おばちゃんたちは熱湯の中で世間話すらしていた。

「さんまちゃんはすごいね、ひとりでしゃべってるから」

「そうそう、ふたりじゃなくて、ひとりだからね」

などと、コンビ活動ではない明石家さんまをやたらと誉《ほ》めていたが、46度のお湯に平気で入れることもすごいですよと黙礼するわたし。

しばらくして小学生の孫を連れたおばあさんがやってきたのだが、ふたりとも熱湯に驚いてシャワーだけで帰ってしまった。たまには銭湯に行こうと楽しくやって来たであろうふたりの後ろ姿を見ると、本当にお気の毒である。

だが、しかし。

常連さんがこの熱湯で良いと言うんだから仕方がない気がする。熱湯が好きでここに集合してくる人々がいるかぎり、たまにしか銭湯を利用しない人間はよそを探さねばならないのだろう。

さらば、熱湯銭湯よ。また何年か後に怖いもの見たさ、というか「入りたさ」で訪れるかもしれませんが。

女湯のできごと
真冬の銭湯は
さむ〜
カラダが冷えているので湯舟の温度がよくわからない
熱っ
なれてきたらちょうどいい
ホッ
新しく入ってきたおばさん
熱っ
お湯が熱いの？カラダが冷えてるから熱いの？
お湯はちょうどいいみたいです。わたしも最初は熱かったです
あらほんと

女湯のできごと
中学生の頃、ひとりで銭湯に行き
ゆ
たまたま同じ中学の男子が銭湯の近くでしゃべっていたら
ゆ
通り過ぎて時間をつぶした
スーッ
銭湯に通っていることがはずかしかったあの頃
家にお風呂がない貧乏な暮らしと思われるのが嫌だった
ゆ
もういない
ホッ
いらっしゃい
こんばんは

女湯のタイル

――小さな秘密

銭湯の洗い場のタイルにジョーロでお湯をかけている幼いわたし。そのシーンを今も色付きで思い出すことができる。4〜5歳の頃だった。持っていたジョーロはピンク色で、象の鼻から水が出る子供用のおもちゃである。

わたしは母が髪を洗っている間、ひとりもくもくと床のタイルにお湯をかけていた。ジョーロが空になればすぐに湯舟から汲んできて、また飽きずにお湯をかける。

象の鼻からお湯が出るのが子供には楽しいんだろうなぁ。

と周囲の大人たちは、なんとはなしにわたしのことを見ていたのだろうが、それは間違いである。わたしは象の鼻からお湯が出ることに夢中になっていたのではなく、ある任務をひとり遂行していたのだ。任務とは、床のタイルに描かれている花に水（お湯だけど）をやることだ。

水（お湯）をあげないと、明日になったらタイルのお花が枯れてしまう！

どこからともなくわたしの頭に降りて来たストーリー。わたしの中ではそういうことになっていたので、どの花にも平等にお湯をかけなければと必死だったのだ。わたしがやらないと誰もやってくれない。勝手に責任を感じて、洗い場の中を行ったり来たり大忙しである。

人が通る場所だけでなく、洗い場の隅のほうのお花の絵の面倒も見てあげないとかわいそう。

そう思って隅のほうに近づいて行くと、すぐさま母の怒る声が飛んでくる。

「隅っこに行かへんのっ」

ゴミ入れの近くでうろうろするのは不潔だからやめろ、という母親としての当然の指示だが、そのときのわたしを動かしていたのは母ではなく自分の頭の中の物語……。いくら叱られても、母が近所のおばちゃんとしゃべっているのを見計らっては隅のほうに寄って行き、床のタイルの花にお湯かけをしていたのであった。

このタイルの花への栄養補給はわたしの大事な日課となっていた。カラダをきれいにしに行く、というより、タイルにお湯をかけるために銭湯に行っていたわたし。母にしてみれば、まだ赤ん坊の妹の面倒も見なければならないので、とにかく静かに遊んでいるわたしを見てラッキーと思っていたに違いない。隅っこのゴミ入れ周辺に近づかないようにさえ目配りしていればいいのだから、手がかからないというものである。

わたしはこうしてジョーロ片手に日々がんばっていたのだが、あるとき、ふと気づいたのである。

花にあげるのはお湯ではなくてやっぱり水だ！

というわけで、水風呂の水だったのか、蛇口の水だったのかは忘れたが、とにかくジョーロいっぱいに水を入れて、わたしはお湯をかける少女から、水をかける少女になったのである。

ところが、おばちゃんという人たちはとっても現実的なので、お湯から水になったとたんに「足元が冷たくて迷惑」という被害をアピール。

「いやっ、冷た、もうっ、おばちゃんびっくりしたわぁ」

わたしが水をまいた後のタイルの上を歩いて、声をあげるおばちゃんたち。その声に反応した母が、速攻でわたしに厳重注意である。

「アンタ、なにしてんの!!　いいからこっち来なさい」

腕を引っ張られ、目の届くところに座らされる。

わたしは思う。ああ、まだ水をやっていないお花があるのに……。

しかし、母のこの怒り方は、もう一度同じことをしたらもっと怖くなる、ということを学習していたので、わたしはタイルに水分補給することをこれで終わりにしたのである。

母に叱られたとき、わたしは自分のしていたことの理由を母には言わなかった。タイルの花にお湯や水をあげるのはおかしいことだとわかっていたからだ。自分で作った嘘の話とわかっているんだけど、それでもすごく楽しかったんだという感覚。お母さんとわたしは違う。全部、お母さんに言わない。洗い場のタイルの花の水やりは、そんな小さな秘密を持ちはじめた年頃だったんだろうと思う。

女湯のできごと
母親同士の長話
わたし
妹
退屈中の子供たちの遊びについて描いてみたいと思います
ひま～
ちなみにいつまでもおもちゃで遊んでいると同世代にバカにされる
小さい子だけOK
遊びはいろいろ。湯舟の隅に行って
浴槽のタイルはがし（なかなかとれない）
電気風呂で度胸だめし（手を何秒入れられるか）
電気風呂
ドキドキ
妹を洗面器に入れて押す（すぐ怒られる）

はげしいバタ足
（すぐ怒られる）
洗面器をクツにして
歩きまわる
（すぐ怒られる）
のっし
のっし
せっけん箱のフタに
ぬらしたタオルを
かぶせ
包むようにして
手で持ち
ピンと張る
せっけんをこすり
つけて
角に口をつけて息を
吹きこむと泡がもく
もくと出てくる
もく
もく
これはいくらやっても
怒られなかったから
よくやりました
もくもく
もくもく
なんか、今
やってみたく
なってきた

女湯の座席

――つかの間の「親子関係」

喫茶店、飛行機、学校の教室などでは好まれるのに、会社では嫌われているものはなんでしょう？

答えは窓際である。などと生まれて初めてなぞなぞを作ってみたが、子供には通用しないのが残念だ。

さて、人には自分の好きな場所というものがあると思う。馴染むというか、落ち着くというか。わたしは現在、カルチャースクールで太極拳を習っているのだが、レッスンのときに前後左右に上手な人がいると、途中でわからなくなってもお手本がいるので安心する。だからできるだけそういう立ち位置を選んでいるのだが、モタモタしていてうっかり最前列になってしまうと大変だ。わたしだけみんなについていけず、太極拳というより尿意をもよおしている人のよう……。場所選びは本当に大切なのである。

さて、ある日。家から少し離れた路地裏に古い銭湯があるのを発見し行ってみた。

時間は夜の9時。脱衣場から洗い場を覗くとお客は若い女性ひとりだけである。

空いているからゆったり入れるな〜。

かなり大きな銭湯で、シャワーの数も30ほどあるから席は選びたい放題だ。入って右側の奥に女性が座っていたので、わたしは反対側の一番奥から2番目の席を選んだ。本来、一番奥の席というのは出入り口から遠いためにあたたかくて好む人が多いのだが、まぁ、今日はそこまで奥じゃなくてもいいかと思ったのだ。しかし、この選択が間違っていたことに、わたしは5分後に気づくことになる。

さっとカラダを流し、わたしが湯舟につかってほっこりしていると、新しくおばちゃんがひとり洗い場に入ってきた。これで客はわたしを入れて3人になるが、まだまだ空いている。

おばちゃん、どこに座るのかな。

それとなく見ていたら、なんと入って左側の一番奥の席、すなわち、わたしの席の隣に座ったのである。わたしの洗面用具が置いてあるのだから、隣に人がいることは一目瞭然のはずなのにわざわざ真横を選ぶおばちゃん。おそらく、よっぽど一番奥の席が好きなんだろう。それはわかるのだが、でも、今日は別の席にしてくれても良いではないか。ガラガラなのに隣同士だなんてかなり不自然である。ムッとしながらわたしが自分の席にもどると、おばちゃんはカラダを洗いはじめていた。

席を移動してもいいのだが、それはそれで露骨に嫌がっているようでおばちゃんに失礼だし。一日の疲れを取るための銭湯で、逆に気疲れをしているような……。

しばらくすると、洗い場にはわたしとおばちゃんだけになった。広い洗い場で寄り添って座っているわたしとおばちゃん。今、ここに新しい客が入ってきたら、絶対にわたしたちは親子と認識されるに違いない。親子は親子でも、一言も口をきかない仲の悪い親子だ。一刻も早くこの場から逃げたいがために、わたしはフルスピードで全身を洗い、やっとの思いで湯舟に逃げ込んだ。精神的にクタクタである。

湯舟からあがると、わたしはいつも最後に軽くシャワーでカラダを流すのだが、「シャワーのお湯が飛ぶのでちょっと離れますねー」

という演技（おばちゃんは見てなかったけど）で、さりげなくおばちゃんの席からふたつ離れた席のシャワーを使った。最後くらい思いっきりシャワーを浴びたかったからだ。しかし、そのシャワーは水力が弱くてチョロチョロとしかお湯が出なかったので、もうひとつ隣に移ってみると、そこも同じように弱い。試しにもうひとつ隣のシャワーを試したらますます頼りなくなっていく。

そうか、ここの銭湯は入り口に近くなるほどシャワーの水力が弱いのだ！

常連のおばちゃんはそれを知っていたので、ガラガラに空いているにもかかわらず、わたしの隣の席に座ったのだ。奥の席が好きなのではなく、単なるシャワー事情だったのである。

おばちゃん、そういうことだったんだね？

謎が解けていくぶんすっきりしたわたしは、つかの間のおばちゃんとの「親子関係」に無言で別れを告げ、洗い場を後にしたのであった。

女湯のお婆さん

——長い人生

銭湯の洗い場でお婆さんを見かけると、ほんの一瞬だけ目をそむけてしまう。伸びてしまったおっぱい。皮が垂れたような下腹やお尻。浮き出た背骨。ハリのない肌。子供時代に通っていた銭湯ではなんにも感じなかったのに、大人になってからのわたしは、お婆さんの裸が少し怖い。

この怖さは一体なんなのだろう?

どうやっても逆らえない老いというものが怖いのか、いつか自分が死んでいなくなってしまうということを思い出させるので怖いのか。他人の裸を怖いなどというのはとても失礼なことだとはわかっているのだけれど、そう感じてしまうわたしがいる。そして、第三者のわたしがこんなに怖がっているというのに、当のお婆さんたちは銭湯でのんびりと湯舟につかったり、知り合いのお婆さんが入ってきたらおしゃべりをしたりして楽しげである。それがまたちょっぴり怖かったりするのだ。

お婆さん、怖くはないの?

だって、ほら、寿命という言葉があるじゃないですか。

お婆さんと同じ湯舟にいると、わたしは急に心配になってきて、今夜、このお婆さんが絶対に死んだりしませんように、などと気がつくと勝手に心の中で祈ってしまう。もちろん、わたしがこんな祈りをしていることなど想像もしていないお婆さんたち。

そういえば、ついこの前、わたしが湯舟からあがって脱衣場で服を着ていると、帰り仕度を終えた見ず知らずのお婆さんに声をかけられた。

「今日は寒いから、風邪ひかないようにお気をつけください」

「あ、どうもありがとうございます」と頭を下げつつ、気をつけて欲しいのは、お婆さん、あなたですよ!! と、わたしはお婆さんの小さな後ろ姿にそうつっこんでいた。

わたしが思うほど、お婆さんたちは怖くはないのだろうか?

死ぬということは、若い頃と変わらずに遠い存在のように思えるものなのだろうか?

銭湯でお婆さんに会うたびに、いつもわたしはこんなふうに死について考えずにいられなくなる。と同時に、長生きしているお婆さんたちが羨ましいと強く思う。

わたしは、ちゃんとお婆さんになれるのだろうか?

お婆さんになれないままで、人生が終わってしまわないだろうか？

未来ってどうなっているのか知りたい。自分の人生のもっと先を見たい。

今、元気なわたしは、自分が病気になったり事故にあったりすることなどまったく考えていなくて、少しずつ年を重ねてお婆さんになっていくんだろうなぁと当たり前のように思っている。でも実際はそんな保証など現実にはなくて、明日突然、死んでしまう可能性だってゼロではないのだ。

お婆さんたちのしわしわの裸は、いわば長生きしている証し。わたしが手に入れられるかどうかわからない「長い人生」というものを銭湯で間近に見せつけられて、歯ぎしりするくらい羨ましくなる。

ああ、わたしも、お婆さんボディになるまで元気でいたいものだな〜。

銭湯でこんなことをあれこれと思っているヒマなわたしは、なんとなく長生きしそうな気はするんですけれど。

洗面器をふろしきで包む人もいた

女湯のできごと
昔にくらべるとすっかり脂分が減っている
カサカサ
おばあさんになったらカッサカサになるんだろうな〜
おばあさんになったらお風呂もそんなに入らなくていい気がする
うん
そうなったら毎度のお風呂そうじも面倒なので
週に3日ほど銭湯を利用する、なんてのが楽かも
あ〜それいいかも〜
おばあさんになるまで銭湯がちゃんと残っていますように!!

女湯のできごと
あ～東京は今日もいい天気
ん？
スッ
今の誰だっけ？
えーっと
うーーん
銭湯のおばちゃんだ!!
銭湯のおばちゃんと外で会うのは変なかんじー
フフフ

あとがき

赤ちゃんのときから20代の半ばでひとり暮らしを始めるまで、わたしは、ほぼ毎日、銭湯に通っていた。うちの団地にはお風呂がなかったからだ。

毎日毎日、他人と一緒にお風呂に入る。近所のおばちゃんや近所の子供。みんなの裸を見て、みんながわたしの裸を見る。裸を見られたくない年頃のときも、大人と話したくない反抗期のときも、やはり毎日銭湯に行く。自分をそっとしてあげられなかった小さな苦しさ。

家にお風呂があったらいいのになぁ。

いつもそう思っていたけれど、お風呂がなかったからこそ見えた世界もあった、と今では思う。

２００６年２月２日

益田ミリ

知恵の森
KOBUNSHA

女《おんな》湯《ゆ》のできごと

著　者──益田ミリ（ますだ みり）

2006年　3月15日　初版1刷発行
2025年　2月25日　　9刷発行

発行者──三宅貴久
印刷所──堀内印刷
製本所──ナショナル製本
発行所──株式会社 光文社
東京都文京区音羽1-16-6 〒112-8011
電　話──編集部(03)5395-8282
書籍販売部(03)5395-8116
制作部(03)5395-8125
メール──chie@kobunsha.com

ISBN978-4-334-78409-6　Printed in Japan

78349-5
aあ8-1

赤《あか》瀬《せ》川《がわ》原平《げんぺい》

鑑賞のポイントはどこか

赤瀬川原平の名画読本

早足で見る。自分でも描いてみる。「印象派の絵は日本の俳句だ」「ゴッホが陰に〝色〟をつけた」など十五人の代表作に迫る。（解説・安西水丸）

820円

78505-5
tい4-1

池波正太郎《いけなみしょうたろう》 編

酒と肴と旅の空

「単なる食べ歩きなどに全く関係がない文化論」と編者・池波正太郎が表わす世界の美味と酒をテーマにした名エッセイ二十四編。開高健と阿川弘之の対論「わが美味礼讃」も収録。

740円

78581-9
tい8-1

石原加受子《いしはらかずこ》

「意識の法則」が人生の流れを変える

もっと自分中心でうまくいく

つい人と比較してしまう、人と向き合うのが怖い――。そんな他者中心の生き方では人生はつらくなるばかり。まず自分を愛することから始める「自分中心心理学」の基本を解説。

700円

78217-7
aい3-1

伊東《いとう》　明《あきら》

ビジネス・人間関係を制す最終兵器

「聞く技術」が人を動かす

「話術」よりも「聞く技術」。カウンセリング、コーチング、社会心理学、コミュニケーション学に裏付けされた技術をすぐに使えるように解説した本書で、「話を聞く達人」に。

560円

78376-1
bい9-1

岩城《いわき》　宏之《ひろゆき》

美を味わえる子どもに育てる

岩城音楽教室

「今日のピアノの音はきれいね」「今日は楽しく聞こえるわ」。母親が子どもを褒める言葉はそれでいい。ワクをはずして、もっと楽しもう！　世界的指揮者の音楽実践哲学。

600円

78584-0
tい9-1

岩﨑《いわさき》　信也《しんや》

蕎麦屋の系図

江戸食を代表する粋な食べ物・そば。幕末の江戸には四〇〇〇軒近くのそば屋があったとか。江戸・明治・大正から連綿と受け継がれる老舗そば屋の系譜を辿り、その伝統を顧みる。

680円

78572-7
tう1-1

上原《うえはら》 浩《ひろし》

純米酒を極める

これほど美味く、これほど健康的な飲み物はない―。我が国固有の文化である日本酒はどうあるべきか。『夏子の酒』のモデルとしても著名な「酒造界の生き字引」による名著。

680円

78331-0
cう2-1

浦《うら》 一也《かずや》

旅はゲストルーム

測って描いたホテルの部屋たち

アメリカ、イタリア、イギリスから果てはブータンまで。設計者の目でとらえた世界のホテル六十九室。実測した平面図が新しい旅の一面を教えてくれる。

900円

78280-1
bな7-1

リタ・エメット
中井《なかい》 京子《きょうこ》 訳

いま やろうと思ってたのに…

かならず直る―そのグズな習慣

なぜ、今日できることを明日に延ばしてしまうのか―今すぐグズから抜け出す簡単実践マニュアルを紹介。さあ、今すぐ始めよう。「結局、グズは高くつく」（著者）から。

600円

72789-5
aお6-1

岡本《おかもと》 太郎《たろう》

今日の芸術

時代を創造するものは誰か

「今日の芸術は、うまくあってはならない。きれいであってはならない。ここちよくあってはならない」―時を超えた名著、ついに復刻。（序文・横尾忠則　解説・赤瀬川原平）

520円

78378-5
bお6-1

沖《おき》 幸子《さちこ》

ドイツ流 掃除の賢人

世界一きれい好きな国に学ぶ

文庫書下ろし

心地よい空間を大切にするドイツ人は掃除上手で、部屋はいつも整理整頓が行き届いている。著者が留学中に学んだ「時間も労力もかけないシンプルな掃除術」を紹介する。

660円

78423-2
bお6-3

沖 幸子

ドイツ流 暮らし上手になる習慣

世界一無駄のない国に学ぶ

文庫書下ろし

好評ドイツ流シリーズ第三弾のテーマは暮らし。「節約は収入と同じぐらい大切」（ドイツの諺）。無駄のない合理的な生活の知恵を通して居心地のいい住まいづくりを紹介。

660円

70979-2
bお1-1

沖《おき》 正弘《まさひろ》

ヨガの喜び

心も体も、健康になる、美しくなる

(1)頭はいつもスッキリ。(2)動作が敏捷に。(3)スポーツや楽器演奏が抜群に上達する。(4)自信が湧く。(5)美しくやせて、健康に。あなたの生活は驚くほど変わっていく。

540円

78598-7
tか7-1

柏井《かしわい》 壽《ひさし》

極みの京都

「京都人は店でおばんざいなど食べない」「『祇園』や『町家』への過剰な幻想は捨てよう」。本当においしい店から寺社巡りまで、京都の旅を成功させるコツを生粋の京都人が伝授。

680円

78583-3
tき2-1

北山《きたやま》 節子《せつこ》

「感じのいい人」の気配り術

今日から実践できる１００のヒント

文庫書下ろし

イラスト図解

つい笑顔になってしまうコミュニケーションの極意、相手が負担にならない心配りの演出法、敬語やビジネスマナーの基本…。カリスマ接客アドバイザーが１００のヒントを紹介。

580円

78532-1
aこ2-2

高《こう》 信太郎《しんたろう》

まんが ハングル入門

笑っておぼえる韓国語

お隣の国の言葉を覚えよう！ 基本的な子音から、現地レベルの会話まで、「まんが」だからわかりやすく、笑って自然に覚えられる、日本で一番やさしいハングル入門書。

680円

78538-3
aこ2-3

高 信太郎

まんが 中国語入門

楽しく学んで13億人としゃべろう

中国語は漢字を使っているから、視覚から入れば覚えやすい。だから「まんが」で勉強しよう！ 初歩のあいさつから簡単な会話まで、笑って読むうちに自然に覚えられる！

680円

78553-6
aこ2-6

高 信太郎

まんがで韓国語がしゃべれる

すぐに話せるフレーズ集

大好評シリーズは、いよいよ会話編。ハングルが読めるようになったら、どんどんしゃべろう！ 分かりやすい「まんが」とダジャレ連発で、基本フレーズの覚え方を伝授します！

680円

78608-3
tさ4-1

齋藤《さいとう》　利也《としや》
小原《おはら》美千代《みちよ》

幸福王国ブータンの智恵

「自分の幸せよりみんなの幸せ」というチベット仏教の教えをもとに、近代化を急がず、自然環境や伝統文化を守ってきたブータン。国民の97％が「幸福」と答える国の素顔に迫る。

660円

78497-3
tし1-2

白洲　正子

選ぶ眼　着る心

きもの美

「粋」と「こだわり」に触れながら、審美眼に磨きをかけていった著者。「背伸びをしないこと」「自分に似合ったものを見出すこと」。白洲正子流着物哲学の名著。（解説・髙田倭男）

700円

78123-1
cめ1-4

タカコ・半沢《はんざわ》・メロジー

はじめてでも、リピーターでも

イタリアのすっごく楽しい旅

文庫書下ろし

旅行ガイド本には書いてないことばかり起こる国イタリア。だから感動に遭遇できる。イタリア暮らし十六年の筆者が、もっと楽しく、さらに美味しくなるイタ旅をアドバイス。

500円

78005-0
bた2-1

ダライ・ラマ十四世
石濱裕美子《いしはまゆみこ》　訳

心は死を超えて存続する

ダライ・ラマの仏教入門

「重要なことは、毎日意味のある人生をおくること、私たちが心に平和と調和をもたらそうとすること、そして社会に対して建設的に貢献することなのです」（「まえがき」より）。

520円

78414-0
bた2-3

ダライ・ラマ十四世
沼尻由起子《ぬまじりゆきこ》　訳

思いやりのある生活

だれもが願っている幸福な人生を見いだすために…。チベット仏教の最高指導者でノーベル平和賞受賞者ダライ・ラマ十四世が説く、人として生きるべき慈悲と平和の世界。

580円

78606-9
tち1-1

鄭《チョン》　銀淑《ウンスク》

看板もメニューも、すぐ読める

ローマ字でわかる！　初めてのハングル

文庫書下ろし

もともとハングルは、誰にでも読めるよう作られた表音文字。そこで本書では、ハングルをローマ字でやさしく説明。韓国の街の看板やメニューの写真を見ながら、楽しく学べます。

700円

78329-7
bま4-1
益《ます》田《だ》　ミリ
お母さんという女
文庫書下ろし
◎写真を撮れば必ず斜めに構える◎小さい鞄の中には予備のビニールの手提げが入っている。身近にいるのに、よく分からない母親の、微妙にずれている言動を愛情深く分析。
560円

78409-6
bま4-2
益田　ミリ
女湯のできごと
文庫書下ろし
「家にお風呂があったらいいのになぁ。いつもそう思っていたけれど、お風呂がなかったからこそ見えた世界もあった」(「あとがき」より)。しみじみイラスト・エッセイ集。
560円

78482-9
bま4-3
益田　ミリ
大阪人の胸のうち
文庫書下ろし
「誰かアホな奴が飛び込まへんかな〜」の期待に応えて道頓堀川に飛び込んでしまう大阪人。上京して十数年、大阪出身の著者だからこそわかる大阪人の胸のうちとは？
560円

78346-4
bま6-1
町《まち》田《だ》　貞《てい》子《こ》
娘に伝えたいこと
本当の幸せを知ってもらうために
どうして家事を面倒だと考えてしまうのですか？　家族が一緒に食卓を囲まなくてよいのでしょうか？　温かいおばあちゃんのまなざしで語りかける。幸せとは何かがわかる本。
580円

78604-5
bま6-2
町田　貞子
常識以前でございますが
おばあちゃんの家事ノート
「家事は愛情のあらわれ」と説く著者が、ときに厳しく、ときに優しく、毎日いきいきと暮らすための知恵を伝える。家族を愛するすべての人へ、「おばあちゃん」からのメッセージ。
600円

78500-0
tよ1-1
吉《よし》木《き》　伸《のぶ》子《こ》
大人のスキンケア再入門
美容皮膚科医が教える「美肌」と「枯れ肌」の分かれ道
文庫書下ろし
思い込みにすぎない嘘の常識を信じていませんか？　スキンケアから生活習慣まで、知っていそうで知らない美肌のための本当のスキンケアを皮膚科医の立場から語る。
680円